두려움에
펀치를 날리다

두려움에 펀치를 날리다

발행일	2021년 6월 4일		
지은이	양병태		
펴낸이	손형국		
펴낸곳	(주)북랩		
편집인	선일영	편집	정두철, 윤성아, 배진용, 김현아, 박준
디자인	이현수, 한수희, 김윤주, 허지혜	제작	박기성, 황동현, 구성우, 권태련
마케팅	김회란, 박진관		
출판등록	2004. 12. 1(제2012-000051호)		
주소	서울특별시 금천구 가산디지털 1로 168, 우림라이온스밸리 B동 B113~114호, C동 B101호		
홈페이지	www.book.co.kr		
전화번호	(02)2026-5777	팩스	(02)2026-5747

ISBN   979-11-6539-783-8 03810 (종이책)   979-11-6539-784-5 05810 (전자책)

(주)북랩 성공출판의 파트너

북랩 홈페이지와 패밀리 사이트에서 다양한 출판 솔루션을 만나 보세요!

홈페이지 book.co.kr   •   **블로그** blog.naver.com/essaybook   •   **출판문의** book@book.co.kr

---

작가 연락처 문의 ▶ ask.book.co.kr

작가 연락처는 개인정보이므로 북랩에서 알려드릴 수 없습니다.

양병태 에세이

두려움에 펀치를 날리다

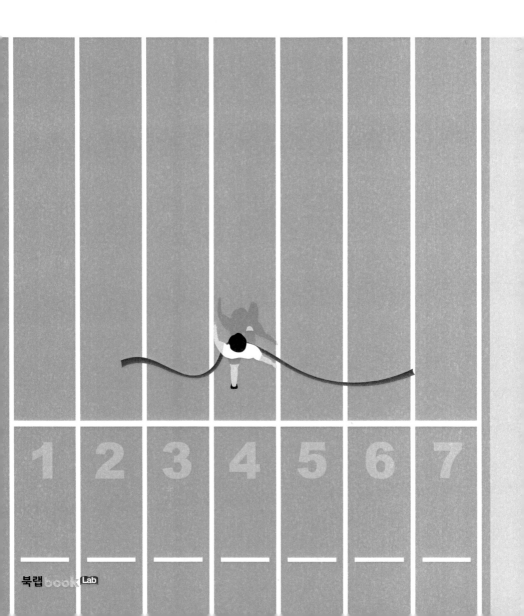

북랩 book Lab

"보라 형제가 연합하여 동거함이
어찌 그리 선하고 아름다운고"

— 시편 133:1 —

"가장 개인적인 것이 가장 창의적인 것이다."

영화감독 마틴 스코세이지의 말입니다.

이 말에 용기를 얻어 나만의 인생 스토리를 소재 삼아 책을 씁니다. 개인의 내밀한 이야기가 책의 곳곳에 보석처럼 박히는 희열을 경험합니다.

첫 책인 『두려움에 딴지를 걸어라』에서, 아내에게도 말하지 못했던 가장 개인적인 이야기를 고백했습니다. 동굴에 숨고 싶을 정도로 나의 치부를 드러냈습니다.

이번 책에서도 1년간의 육아휴직 기간에 저의 민낯이 드러나는 시행착오를 겪으며 아들딸과 함께 성장한 이야기, 직장에 돌아가서 버티고 견디며 고군분투한 개인사를 스토리의 기둥으로 세웠습니다.

진솔하고 진정성 있게 다가서려고 몸부림친 나의 이야기가 독자분들 마음의 커튼을 열어젖히고 새로운 의욕을 북돋아 주기를 소망합니다.

'20, 30대 MZ 세대'가 높은 취업 문턱 앞에서 좌절합니다. 불확실한 앞날에 청년들이 꿈과 희망을 내려놓으려 합니다. 대한민국의 허리요, 가정의 기둥인 '40대' 역시 불안한 직장 내 입지와 사업 환경 탓에 낭떠러지 밑으로 몸을 던지고 싶을 정도로 괴로운 게 대한민국의 현실입니다.

사방이 막혀 삶을 내려놓고 싶을 때 당신을 다시 일으켜 주는 힘은 무엇입니까.

두 번째 책을 쓰면서 나에게는 무엇이 그 힘이 되어 주는지를 발견했습니다.

이 책은 "많이 힘드시죠. 실은 저도 힘들어요. 그래도 포기하지 맙시다."라는 스토리를 다섯 개의 테마로 묶어 독자 여러분에게 다가갑니다.

1장: 육아휴직을 마치고 복직하여 적응하기까지 고군분투한 '직장 생활'

2장: 일상 경험을 통해 얻은 '생각과 깨달음'

3장: 사람을 이해하려 애쓴 '마음과 감정'

4장: 5남매 가족의 '사람 사는 이야기'

5장: 작가, 강연가 꿈을 성취하는 과정과 앞으로 이루고 싶은 '꿈 이야기'

어느 날 고향 유원지에서 아내와 산책 중이었습니다.

산 아래 개울에서 노는 오리 가족을 우연히 목격했습니다. 물 위에 떠서 앞서가는 엄마 아빠 오리 뒤를 세 마리의 새끼 오리가 뒤따르는 모습이었습니다. 다섯 마리의 오리 가족을 바라보며 같은 부모 아래 태어난 5남매가 생각났습니다.

어머니의 소원은 5남매가 우애하며 사는 것이었습니다. 한 상에 둘러앉아 온 식구가 밥 먹는 모습을 어머니는 가장 기뻐하셨습니다.

어머니를 이 세상에서 더는 만날 수 없습니다.

뇌경색으로 쓰러져 6년간 투병 생활을 한 끝에 작년 성탄절을 앞두고 하늘로 떠나셨습니다.

수면 아래 백조의 다리처럼, 보이지 않는 곳에서 평생 나를 위해 기도해 주신 어머니에게 이 책을 두 손 모아 드립니다.

어머니가 하늘에서 기뻐하셨으면 좋겠습니다.

2021년 6월

양병태

1장

가속도가 붙을 시기가 온다

1
육아휴직으로 나를 찾다

카페 구석에 자리 잡는다. 흘러나오는 노래 멜로디가 감미롭다. 오른쪽으로 고개를 돌려 창밖을 바라본다. 빗줄기가 시원하게 쏟아진다. 창문을 두드리는 굵은 빗방울 사이로 지난 1년간의 세월이 영화 장면처럼 스쳐 지나간다.

터닝 포인트. 전환점이라는 뜻이다. 누구에게나 인생 전환점이 찾아온다. 그 전환점을 기회로 잡느냐 알아채지 못하고 흘러보내느냐는 각자의 몫이다. 내게는 육아휴직이, 인생 방향을 돌린 전환점이었다.

2019년 3월 1일은 1년간의 육아휴직을 시작한 날이다. 둘째인 딸아이의 초등학교 입학 시기가 다가오자 아내가 1년만 바꿔서 생활해 보자고 내게 제안한다. 그 제안을 받아들였다. 아내가 밖으로 나가 직장 생활을 시작하고, 내가 집으로 들어왔다.

아내가 출근하고 아이들이 등교하면 하루 일을 시작한다. 아들 방부터 출발하여 세 개 방의 이부자리를 정돈한다. 청소기를 밀고 세탁기를 돌린다. 설거지하고 마른 빨래를 개고 나면 오전 시간이 빛의 속도로 지나간다.

딸이 학교 수업을 마칠 시간이다. 후다닥 몸을 움직여 옷을 갈아입고 엘리베이터를 탄다. 자전거 페달을 숨차게 밟는다. 휴우, 늦지 않아 다행이다. "아빠!" 하며 교실에서 달려 나오는 딸아이를 하늘 높이 올려 준다. 자전거 안장에 태워 공주님처럼 모시고 집으로 돌아온다. 초등학교 4학년인 아들이 "학교 다녀왔습니다." 하고 인사한다. 딸기잼 바른 식빵과 바나나로 두 아이 간식을 챙긴다.

아이들 영어, 수학 학습을 돕는다. 탁구 레슨 받는 아들을 데리고 탁구장에 갔다가, 책 읽기를 좋아하는 딸과 동네 도서관에 들른다. 오후 시간도 날개 달린 듯하다. 노을이 붉게 하늘을 물들인다. '오늘은 아이들에게 뭘 먹이나?' 고민하다 저녁을 준비한다.

저녁 8시경 퇴근한 아내는 어린이집 서류 작업 하느라 방에 들어가 노트북 앞에 앉는다. 한밤이 돼서야 나만의 시간이 생긴다. 책을 읽다가 눈이 풀린 채 세상 모르게 잠이 든다.

후생경제학, 행복경제학은 가사 노동 이슈를 다룬다. 학자들은 주부의 노동을 화폐가치로 환산해서 국내총생산(GDP)에 포함해야 한다고 주장한다. 국내총생산에 포함할 경우 한국 주부의 가사 노동은 2014년 기준으로 GDP의 24% 정도라고 한다.

가정주부가 이렇게 할 일 많은 줄 미처 몰랐다. 직장 다닐 때 퇴근 후 어질러진 거실을 보며 "집에서 대체 뭐 해요?"라며 아내에게 잔소리한 것이 떠올라 얼굴이 화끈거린다. 가정주부는 집안일 하며 남편을 돕고 자녀를 돌보는 고귀한 직업이다. 하루에도 몇 번씩 가슴 터질 듯 답답한 직업인이다. 하지만 현실은 무시당하기 일쑤다. 육아휴직은 나에게 알려 주었다. 세상에 가정주부라는 또 다른 세계가 있다는 사실을.

휴직 전에는 아내 없이 아이들과 시간을 보낸 기억이 거의 없다. 아이들하고만 시간을 보내는 게 어색하고 불편했다. 아빠가 휴직하고 달라졌다. 아이들과 껌처럼 달라붙어 지낸다. 하지만 의욕이 과했나 보다. 평소 익숙지 않은 일에 갑자기 열정을 쏟다 보니 시행착오라는 돌부리에 연거푸 걸려 넘어졌다.

아들 태도를 지도하고 학습 습관을 길러 주는 데 많은 에너지가 필요했다. 물 먹이러 아들을 시냇가로 이끌다가 내가 먼저 지쳤다. '아빠가 한 번 말하면 척 하고 들어야지.' 하는 생각은 착각이었다. 여러 번 얘기했는데도 따르지 않고 요령 피우는 아들 모습을 보며 나의 가부장적인 모습이 여과 없이 드러났다. 아들을 혼내고 나면 자괴감에 며칠 동안 끙끙 앓았다. 드러난 민낯에 자존감이 끝이 보이지 않는 절벽 아래로 추락했다.

내가 언제 욱하고 폭발하는지 알았다. 방 정리, 현관 신발 정리, 식후 양치하기 등 생활 습관을 잡아 주고, 하루에 몇 장씩 문제집을 풀도록 학습을 지도하면서 내 딴에는 충분히 기다렸다고 생각한다. 참다가 다시 얘기한다. 그래도 아이들이 따라 주지 않는다. 처음엔 조용한 말로 시작하다가 점점 목소리가 커진다. '파앙!' 하고 화산이 분출하듯 혈기가 터진다. 충분히 기다리지 못한 조급함이 범인이다. 아이들과 가까이서 생활하며 내게는 기다림이 부족하다는 것을 인식했다. 빨리 돌아가는 내 시계가 아니라 느리게 흘러가는 아이들 시계에 맞춰야 한다는 것을 깨달았다.

한편 육아휴직으로 딸아이와의 관계가 친밀해졌다. 딸아이는 유치원 다닐 때 아빠 말에 자주 토라졌었다. 내 목소리가 커지면 자기 방으로 들어가 문을 닫았었다. 퇴근하고 밤에 잠깐 봐서인지 아빠와 교감이 부족했다.

딸이 초등학생이 되자마자 아빠가 변신한다. 입학식 참석, '책 읽어주는 아빠'로 교실 방문, 녹색 어버이회 교통 봉사, 하굣길 동행, 도서관 나들이, 공원 산책 등 아빠와 딸이 함께 보내는 시간이 늘어나면서 사이가 급속도로 살가워진다. 글 쓰는 아빠 등에 올라타 왼쪽 뺨에 뽀뽀하며 "아빠, 글 쓰는 모습 멋져요." 하고 응원해 준다. 딸아이와 잠자리에 누워 도란도란 얘기를 나누던 어느 날 밤에 딸이 자기 오른쪽 다리를 내 배에 올리고 "내 사랑, 옆에 꼭 붙어 있어요. 떨어지면 안 돼요." 하며 앙탈 부린다.

삐져나온 못에 발이 찔린 듯 아빠와 아이들이 서로 아픔을 준 일도 있었다. 하지만 상처에 딱지가 덧입혀져 아물어 가듯, 시간이 흐르면서 아빠도 아이들도 생각과 마음이 자라갔다.

휴직 전 내 모습은 방향 잃고 표류하는 배와 같았다. 17년째 반복되는 직장 생활에 무기력하고 우울했다. 육아휴직은 내게 잠시 쉬어 가라는 공원 의자와 같았다. 치열하게 인생 전반전을 보내느라 수고했다며 신이 선물한 '하프타임'이었다.

아내가 출근하고 아이들이 등교한 오전에 글을 썼다. 살아온 삶의 조각들과 가슴속 이야기를 눈을 감고 돌아보며 하나둘 꺼내어 기록

했다. 내 안에 잠자던 세포들이 깨어났다. 40대 중반까지 파묻혀 있던 글쓰기 잠재 능력을 끄집어내고, 영혼 속 깊이 흐르는 감수성을 퍼 올렸다. 마침내 첫 저서인 『두려움에 딴지를 걸어라』 출간이라는 열매를 거두었다. 인생 활력을 잃고 갈 길 몰라 방황하던 내 가슴을 두근거리게 만든 '작가'라는 꿈을 이루었다.

1년간의 육아휴직은 가족에 대해 알아 가고 나의 새로운 면을 발견한 여정이었다. 사골국 끓여 놓고 도망가고 싶은 심정의 가정주부로 살아온 아내의 지난 세월을 느꼈다. 아들과 딸의 기질과 호불호가 크게 다름을 알았다. 꾸준함이 나의 장점임을 발견했다. 포기하지 않고 글을 쓴 덕분에 '글 쓰는 사람'으로 거듭났다. 글을 쓰며 자신과 주변 사람을 바라보는 관심과 이해도가 커졌다.

아내가 퇴직 후 처음 맞이한 주말이었다. 출근 걱정 없이 이불을 푹 뒤집어쓴 채 늦잠 자는 아내에게 살며시 다가간다. 막 태어난 강아지처럼 힘겹게 눈뜨는 아내 표정이 봄날처럼 화사하다. 아내가 기지개를 켜고 몸을 일으키며 콧노래를 부른다. 주말에도 밀린 서류 작업 하느라 천근만근 무거운 표정으로 노트북 앞에 앉아 있던 아내는 증발했다. 몸과 마음이 새털처럼 가벼워진 아내만 존재할 뿐이다.

아내가 강한 책임감으로 직장 생활 1년을 완주한 덕분에 네 식구가 경제적으로 안녕했다. "It's my turn." 이제는 내 차례다. 운동화 끈을 고쳐 맨다. 나는 다시 직장으로 돌아간다. 아내와 역할 바꿔 생활한 지난 1년이 일장춘몽처럼 느껴진다.

②

직장 생활 2막을 열다

잠이 오지 않는다. 1년간의 휴직을 마치고 내일 복직해야 한다는 사실이 몸을 뒤척이게 만든다. '괜찮아, 당당하게 직원들에게 먼저 다가가 인사하자.' 하고 마음먹었다가도 왠지 모를 두려움이 몰려온다. 밤새 악몽에 시달리다가 아침 7시에 눈을 떴다. 거실로 나와 탁자에 앉는다. 복직 첫날 신고식을 잘 치르도록 두 손을 모은다.

지난주까지 직장 생활 하던 아내가 일찍 일어나 아침을 준비한다. 아내 응원이 듬뿍 담긴 음식을 몸속에 집어넣는다. 식사하는 나를 아내가 말없이 바라본다. 현관문을 나서려는데 평소 늦잠 자던 아들딸이 일어난다. 정장 입은 내게 딸아이가 "다른 사람 같아요." 하며 목소리를 높인다. 아이들에게 인사하고 돌아선다. 등 뒤에서 아들 목소리가 들려온다.

"아빠, 누가 뭐래도 우리는 아빠 편이에요."

집에서 회사까지는 걸어서 15분 거리다. 평소 걷거나 자전거를 이용하는 출근길이다. 하지만 자차 출근을 하게끔 사회 분위기를 만드는 코로나19. 차로 회사 지하 주차장에 들어선다. 엘리베이터 버튼을 누른다. 엘리베이터가 지하까지 내려오지 않는다. 지나가는 사람에게 물어보니, 걸어서 1층으로 올라가 발열 체크를 한 후에야 엘리베이터를 이용할 수 있다고 말해 준다. 15층에 있는 사무실에 도착한다. 9시 출근인 사무실에 8시 반경 들어간다. 일찍 출근한 직원에게 다가가 "오랜만입니다. 휴직 마치고 돌아왔습니다."라고 말한다.

직원들이 하나둘 출근한다. 총무부 회의 탁자에 앉아 있던 나는 출근한 직원들 자리로 가서 먼저 인사를 건넨다. 올해 초 정기 인사에서 몇 명의 후배들이 나보다 상급자로 승진했다. 승진한 후배 중 한 명에게 "오랜만이에요." 하고 인사를 건넸는데, 후배는 고개만 숙이고 '쓰윽' 지나친다. 직원들과 어색한 첫 대면을 마치고 총무부로 발걸음을 옮긴다.

며칠 전 총무부장에게서 "다음 주 월요일에 총무부로 출근하면 됩니다."라는 연락을 받았다. 그는, 내가 근무할 부서가 아직 결정되지 않았다는 설명을 덧붙였다. 막상 출근하니 공중에 붕 뜬 기분이었다. 자리에 PC도 세팅되지 않았다. 총무부장은 부재중이었다. 경북 지역 회원 기관에 파견 근무를 다녀온 탓에 자가 격리 상태였다.

비서 통해 회장님 출근 상태를 확인한다. 회장실 문을 두드린다. 책상에 앉아 서류를 보던 회장이 고개를 든다. 복귀 인사를 올리니 "어, 그래요. 나중에 봅시다." 하고 말한 뒤 시선을 서류 향해 내린다. 회장실을 나오는데 비서가 "회장님이 다시 부르실 것 같아요." 하며 잠시 기다리면 좋겠다고 귀띔한다.

휴직 전에 옆 건물에 있는 부서에 근무했다. 내 PC가 옆 건물 창고에 있다는 의미다. 오전에 PC를 설치하지 못한 채 비서실 옆 휴게실 소파에 멍하니 앉아 혹시 모를 회장의 호출에 대기한다. 내가 다니는 직장은 중소벤처기업부 산하 공공 기관이다. 영세 자영업자를 지원하는 전국의 신용보증재단을 위해 존재한다. 코로나19 사태로 비상 상황이다. 월요일 아침부터 간부 회의, 코로나19 대책 회의가 이어진다. 직장 분위기가 뒤숭숭하다.

어느덧 점심시간이다. 회사 구내식당으로 향하기가 어색해 집으로 차를 몬다. 직장인에서 가정주부로 '컴백홈' 한 아내와 개학이 연기돼 집에서 지내는 아들딸이 나를 반긴다. 집에서 점심을 먹고 아내와 첫 출근 얘기를 나눈 후 정장 상의를 걸친다. 왼쪽 주머니에 손을 넣는 순간 무언가 만져진다. 아무리 태연한 척해도 아들딸은 아빠 마음 상태를 누구보다 잘 읽는다. "태희는 아빠를 항상 응원해요. 사탕 두 개 드시며 힘내세요." 꼬깃꼬깃 접힌 종이에 적힌 딸아이 편지와 사탕 두 개를 보는 순간 목이 메었다. 아내 앞에서 그만 눈물샘이 터지고 말았다. 아내 눈가도 금세 빨개졌다.

가족 응원에 힘입어 오후 근무를 위해 직장으로 돌아간다. 후배 직원과 카트를 끌며 옆 건물로 이동한다. 사무실 PC가 마침내 1년 만에 나와 마주한다. 보고서, 규정집, 회의 자료를 챙겨 보며 1년 공백을 메우려고 안간힘 쓴다. 오가는 직원들과 가볍게 대화를 나누며 조금씩 '마음 근육'이 풀린다. 퇴근 시간이 다가온다. 결국 회장과 복귀 면담을 못 한 채 하루가 지나간다.

출근 이틀째 날이다. '전체 직원과 인사하기'라는 숙제를 마치고, PC가 자리에 놓여 있다는 사실만으로 어제보다 출근 발걸음이 가볍다. 출근하면서도 여전히 꿈꾸는 듯하다. 오전에 아이들 아침을 챙기고 영어 동화책을 읽어 줘야 할 것 같다. 내 몸이 있어야 할 곳은 직장이 아닌 '즐거운 나의 집'이라는 착각이 든다.

출근해서 PC를 켠다. 작년부터 현재까지의 문서함을 두루 살핀다. 1년의 공백이 생각보다 큼을 체감한다. 같은 부서 후배 직원과 차를 마시며 직장 돌아가는 사정을 듣는다. 후배가 "이번 주는 적응 기간이라고 생각하세요."라고 말하며 나를 안심시킨다.

퇴근 후 현관문을 들어선다. 아이들이 나를 향해 뛰어온다. 아이들 눈망울에 아빠에게 힘을 불어넣어 주려는 기운이 역력하다. 샤워하며 흐르는 물에 어수선한 생각과 마음을 씻어 낸다. 아내가 진수성찬을 준비했다. 양념 고기와 싱싱한 야채샐러드 맛이 일품이다. 저녁을 먹고 아이들에게 평소대로 영어 동화책을 읽어 준다. 아들이 한 권을 읽고 해석한다. 아빠에게 힘을 주려는 듯 씩씩하게 읽어 가는 아들 모습을 말없이 바라본다.

몸과 마음이 출퇴근이라는 생활 변화에 적응하느라 지친 모양이다. 잠시 쉬려고 누웠다가 스르르 눈이 감긴다. 아들딸이 내 양쪽 팔에 안긴다. 아들이 "제가 안마해 드릴게요."라고 말한다. 머리, 귀, 목, 어깨, 팔다리. 아빠를 위해 최선을 다하는 마음이 온몸에 전달된다. 안마를 마친 아들이 내 왼편에 쓰러지듯 누우며 "제가 두 살 때 정말 아빠를 안고서 아빠 어깨를 토닥였나요?" 하고 묻는다. 아들은 내가 쓴 책을 여러 번 읽었다. 책에 쓴 이야기를 확인하는 아들에게 말한다.

"그때 아빠 감동받았단다. 태은아, 근데 그거 아니?"

"뭘요?"

"지금도 태은이가 아빠를 토닥이고 있단다. 아빠에게 힘 주려고 애쓰는 거 안다. 아빠 괜찮아."

"아빠 힘드신 거 알아요."

아들에게 몸을 돌려 두 팔로 껴안는다. 사랑하는 아들과 함께 꿈나라로 향한다.

수요일이다. 탁상시계가 아침 8시 10분을 가리킨다. 아내를 바라본다. 밤새 잠을 뒤척였는지 아내 안색이 어두워 보인다. 살짝 눈을 뜬 아내에게 더 자라고 말한다. 아들이 깰까 봐 소리 안 나게 옷을 갈아입는다. 우유 한 잔으로 아침을 대신한다. 1등으로 기상한 딸이 거실 소파에서 책을 읽는다. "아빠, 배고파요."라고 말하는 꼬마 공주님. 나는 서둘러 냉장고에서 빵과 우유를 꺼낸다. "엄마 곧 일어나실 거야. 우선 이거 먹고 있어. 아빠, 회사 다녀올게."

출근 3일째에 여유가 싹튼다. 점심 약속을 잡는다. 휴직 중에도 연락하며 지낸 선배와 복귀 소감을 나누며 웃음꽃을 피운다. 담소를 나누는 동안, 지난 이틀 내 마음을 짓누르던 어색함과 불편함이 내게 작별 인사 한다.

가만히 현재 상황을 들여다본다. '첫날 출근하자마자 현업 부서에 배치돼 일을 시작했으면 얼마나 정신없었을까?' 하는 생각이 고개를 든다. 총무부에 근무하면서 분주하게 돌아가는 직장 상황을 파악할

틈이 생겨 감사한 마음이 차오른다.

　직장 생활 2막을 열었다. 잘 적응하도록 팔을 걷어붙이고 응원하는 아들딸, 묵묵히 기도해 주는 아내 덕분에 힘을 낸다. 복직하고 사흘을 보내며 직장 생활 세포가 하나둘 부활한다. 자신을 짓누르던 눈을 녹이고 노란 꽃망울을 터트리며 땅 위로 모습을 드러내는 복수초처럼, 얼음이었던 마음이 조금씩 녹아내리고 희망이 솟아난다.

③
밀레니얼 세대와 상생하기

'밀레니얼 세대'에 대한 관심이 뜨겁다. 기업, 학교, 공공 기관 등 직장마다 그들을 이해하려는 움직임이 활발하다. 밀레니얼 세대란 어느 세대를 지칭하는 걸까. 호기심에 인터넷 사전을 찾아본다. 밀레니얼 세대란, 1980년대 초에서 2000년대 초 사이에 출생한 세대를 말한다. 명확한 미션을 중시하며 즉각적인 피드백을 선호하는 게 특징이다.

복직한 지 두 달이 지나 근무 부서가 총무부에서 감사실로 바뀌었다. 사람과 업무 변화에 발 빠르게 보조를 맞춰 간다. 모르는 직원들이 내 주변을 오고 간다. 휴직 중에 신입 직원 30명이 입사한 것이다. 신입 직원 나이대가 20대 중반부터 30대 중반에 걸쳐 있다. 모두 밀레니얼 세대다. 그들과 인사하고 업무로 소통하면서 '직설적이고 센스가 뛰어나구나. 주저함 없이 솔직하구나.' 하고 느꼈다.

어느 날 컴퓨터에 에러가 발생했다. 전산부 신입 직원에게 사내 메신저로 상황을 설명했다. 짧은 답변이 메신저로 돌아온다. 메신저로 대화를 주고받으며 여러 번 컴퓨터를 껐다 켜도 에러가 해결되지 않는다. 평소 에러 상황이 쉽게 해결되지 않으면 다른 전산부 직원은 자리로 찾아와 도움을 주었다. 메신저로는 소통에 한계를 느껴 전산부 신입 직원에게 전화를 걸어 도움을 요청한다. 전화를 끊고 잠시 후 깜짝 놀랐다. 신입 직원이 내 자리로 찾아오거나 다시 전화를 걸기는커녕 단답형 말투로 메신저를 통해 답했기 때문이다.

내가 신입 직원이던 시절이 떠올랐다. 입사가 몇 달 빠른 선배에게 메신저로 답을 주니 그 선배가 "직접 와서 얘기해야지, 메신저가 뭐냐." 하고 전화로 따졌다. 그때 불쾌했던 기억이 떠올라 욱하는 걸 누른 채 전산부 후배와 '메신저 대화'를 무사히 마무리 지었다. '20대인 신입 직원이 전화 통화보다는 문자, SNS, 카톡에 익숙해서 그럴 거야.' 라고 생각하며 이해하고 지나갔다. 이후 다른 일로 그 직원과 소통할 일이 생겼다. 직설적이고 거침없는 성향이라는 걸 알았다. 전화를 걸어 "직접 와서 도와주지 않고 계속 메신저가 뭐냐?" 하고 따지지 않은 게 천만다행이었다. 어느덧 40대 중반인 나. 후배에게 '꼰대' 소리 듣지 않으려고 몸부림친다.

"묻고 더블로 가!"라는 영화 대사로 스타 반열에 오른 배우 김응수 씨가 인터뷰에서 꼰대의 정의를 '자기 생각을 남에게 강요하고 자기가 하기 싫은 일을 다른 사람에게 떠넘기는 사람'이라고 내렸다. 꼰대 하면 독선적이고 잔소리 심한 나이 많은 사람이 떠오르지 않는가. 김응수 씨 정의를 살펴보면 꼰대는 나이와 상관없다. 밀레니얼 세대, 기성세대 구분할 것 없이 누구나 의식 없이 생활하면 자기도 모르는 사이에 꼰대가 된다.

대한상공회의소가 2020년 4월에 '직장 내 세대 갈등 진단 보고서'를 발표했다. 30개 기업에 소속된 1만 3,000명의 직원을 대상으로 1년간 실태를 조사한 내용이다. 20, 30대 젊은 직원과 50대 상사의 '일과 회식'에 대한 생각 차이가 동상이몽이 따로 없을 정도로 컸다.

"상사 업무 지시가 모호해요. 자기도 내용을 이해 못 하고 지시하는 느낌이 들어요."

"요즘 젊은 직원들은 떠먹여 주는데도 못 알아들어요."

"회식 자리가 싫어요. 공감 안 되는 상사 말에 맞장구치는 두 시간 동안 가면 쓰고 연극하는 거 같아요."

"회식은 필요합니다. 직원 간 서로 알아 가고 친해지는 자리니까요."

전문가들은 말한다. 직장 내 세대 갈등의 표면적 원인은 개인주의 성향이 강한 밀레니얼 세대가 사회에 대거 진출한 탓이지만, 근본적 원인은 '바뀐 구성원'을 담아내지 못하는 '바뀌지 않는 조직' 탓이라고. 20, 30대 젊은 세대는 소속감보다 '만족감'과 '일의 의미'를 중요하게 생각한다는 점을 선배 세대가 받아들여야 한다고 조언한다.

감사실에 후배 두 명이 함께 근무한다. 둘 다 신입 직원으로 각각 20대, 30대다. 결재를 요청하는 후배의 보고서를 자세히 살핀다. 내용과 형식 측면에서 보고서 작성법을 구체적으로 알려 준다. 업무 방향을 분명히 제시하고 빠르게 피드백한다. 잘한 부분을 먼저 칭찬하고 보완할 사항은 돌려서 언급한다. 궁금한 사항은 언제든 물어보라고 소통 창구를 열어 준다. 내 입은 닫고 후배 말에 귀를 열려고 노력한다. 프로젝트를 진행하며 후배에게 아이디어를 묻는다. 신입 후배이지만 그들에게 배우려는 자세를 취하며 파트너로 여긴다.

　진심이 통한 걸까. 점심 식사 후 함께 커피를 마시던 중 후배들이 내게 "정말 많이 배우고 있습니다.", "세심하게 가르쳐 주셔서 감사합니다."라고 말한다. 16년, 13년이라는 나이 차를 뛰어넘어 생기 넘치는 두 후배와 호흡을 맞추며 직장 생활의 의미와 활력을 되찾았다. 신입 직원들이 직장에 활기를 불어넣는다. 그들의 빠른 템포, 신속한 움직임, 똑 부러짐을 보며 '나의 신입 시절보다 낫다.'라고 고개를 끄덕인다.

　「불후의 명곡」이라는 TV 예능 프로를 즐겨 본다. 후배 가수들이 '전설'로 출연하는 선배 가수의 노래를 부르며 일대일 승패를 결정하는 가요 경연 프로그램이다. 출연하는 가수들이 노래 한 곡 부르는 무대를 위해 일주일간 열정으로 준비하는 모습을 보며 가슴이 벅차오른다.

　'봄여름가을겨울'과 '빛과 소금'이라는 두 밴드가 뭉친 '봄빛 밴드'가 전설의 가수로 참여한 적이 있다. 그들의 노래를 여러 후배가 열창한다. 승자 패자가 하나둘 정해지며 분위기가 고조되는 가운데 마지막 가수를 기다린다. '퍼플레인'이 등장한다. 처음 보는 밴드다. 딱 봐도 멤버들은 10대 후반이나 20대 초반으로 보인다. 「불후의 명곡」에 처음 출연한 신인이다. 인터뷰 내내 부끄러워하는 모습이 여과 없이 노출된다.

　밴드 '퍼플레인'이 선곡한 노래는 故 김현식의 「비처럼 음악처럼」이다. 내가 20대 때부터 좋아하고 즐겨 부르던 노래여서 심장이 쿵 했다. 키보드, 피아노, 기타, 드럼이 조화를 이룬 퍼플레인의 연주가 시작된다. 마침내 보컬의 입을 통해 노래 첫 소절이 흘러나온다. 초반부는 가사 한 마디 한 마디를 담담하게 풀어내며 원곡 분위기를 유지한다. 중반부에 들어서며 '둥덩' 드럼 소리와 함께 보컬이 '로커' 본색을 드러낸다. 보컬의 깔끔하고 시원한 목소리가 내 귀를 호강시킨다. 후반부에 이르자 변주가 시작된다. 변주에 맞춰 몇 소절이 느리게 반복된다.

"비, 가, 내리고…… 음, 악, 이, 흐르면……
비, 가, 내리고…… 음, 악, 이, 흐르면……."

아내와 눈이 마주친다. 서로 말을 안 해도 온몸에 전율이 흐름을 직감한다. 초등학생인 아들딸이 식사하다 숟가락을 내려놓는다. 퍼플레인이 들려주는 「비처럼 음악처럼」에 집중하는 아이들 표정이 진지하다. 퍼플레인이 마지막 소절을 속삭이듯 마무리한다. 객석 청중의 숨이 멎는다. 잠시 후 기립 박수가 공연장을 가득 메운다. 눈가가 촉촉해진 사람들 표정이 화면에 잡힌다. 전설로 출연해 후배 공연을 지켜본 선배 가수 입이 다물어지지 않는다.

노래가 끝난 지 한참 지난 후에도 내 가슴에 여운이 가시지 않는다. 밀레니얼 세대인 밴드 퍼플레인이 선보인 신선함, 패기, 당당함, 창의적인 편곡이 내게 큰 울림을 주었다. 50대 전설 가수 선배들이 그들 공연에 엄지를 들어 올린다.

밴드 퍼플레인의 공연에 환호와 아낌없는 박수를 보내는 선배들 모습을 보며 감동이 밀려온다. 세대 간 격차를 뛰어넘어 선후배 가수들이 보여 준 '서로 끌어 주고 밀어주는 모습'이야말로 직장에서 선배 세대와 밀레니얼 세대가 상생하는 비법이라는 깨달음이 뭉클해진 마음 사이로 스며든다.

4

껄끄러운 상사에게서 살아남는 법

'친구'와 '원수'를 구분하는 기준은 무엇일까. "멀리서 봐도 다가가 인사하게 되는 사람은 친구, 가까이 다가오면 피해서 길을 돌아가게 되는 사람은 원수"라는, 지인이 내려 준 정의가 마음에 와닿는다. 조직에 몸담고 직장 생활을 하든, 상사 눈치 볼 필요 없는 자영업을 하든 인간관계는 피할 수 없다. 처신하느라 가면 쓰고 모두에게 애써 웃으며 악수하지만, 얼굴 보기 껄끄러운 사람은 누구에게나 한두 명은 존재한다.

현 직장에 16년 동안 속해 있으면서 한 번도 같은 부서에서 근무하지 않은 A 부장. A 부장과 따로 차를 마시거나 밥을 먹어 본 적이 없다. 긴 세월 동안 같은 직장에 다니면서도 스쳐 지나가는 바람처럼 지냈다. 왠지 모르게 불편한 A 부장이 멀리서 보이면 길을 돌아갔다. 드디어 A 부장과 외나무다리서 마주쳤다. 육아휴직을 마치고 복직하며 A 부장과 같이 근무하게 된 것이다.

껄끄러운 사람과의 동거가 시작했다. 어떻게든 살아남아야 한다. A

부장이 나에게 업무를 지시하다가 순간 욱했다. 보고서 결재를 받으러 가면 때로 높은 톤으로 속사포를 날렸다. 불같이 성격 급한 그가 내게 소리를 높이고 나면 머쓱해한다. 내 자리를 지나가며 가벼운 농담으로 미안함을 표현한다.

그의 모습을 보며 속으로 소스라치게 놀란다. 조급함에 상대방을 기다리지 못하고 급한 기질을 드러냈다가 미안함에 가슴을 치는 내 모습이, A 부장에게서 보였기 때문이다. 나와 비슷한 점이 있는 그에게서 왠지 인간미가 느껴진다. 비호감이 호감으로 바뀌는 순간이었다.

보고서를 검토받는 과정에서 꼼꼼함과 성실함이라는 A 부장의 장점이 눈에 들어왔다. 휴직 기간에 글쓰기를 시작한 후 초고를 쓰고 퇴고하는 게 나에게 습관으로 자리 잡았다. 글쓰기 습관이 직장 보고서 작성에도 그대로 녹아든다. 보고서를 쓰고 고치며 내 스스로 흡족할 때까지 다듬는다. A 부장은 내가 여러 차례 점검한 보고서를 세심하게 들여다본다. 그야말로 매의 눈이다. 그의 꼼꼼한 지적에 기분이 나쁘지 않다. 지적받은 부분을 보완하니 보고서의 질이 한결 나아졌기 때문이다. A 부장과 함께 근무하며, 그가 우리 회사의 어느 누구보다도 성실한 사람이라고 느꼈다. 일을 대충하는 법 없이 원칙대로 처리하는 그의 모습을 보며 신뢰가 쌓였다. 점점 그의 장점을 좋아하고 배워 가는 나를 발견한다.

멀리 있을 때는 상대방의 장점이 보이지 않는다. 껄끄러워 피하고 싶은 사람이더라도 참고 가까이서 지내다 보면 이전에 느끼지 못한 좋은 점이 보일 수 있다. 때로 불편한 순간, 불편한 사람을 견디는 연습이 필요하다. 피하고 싶은 A 부장과 같은 부서에서 지낸 경험은 사람을 대하는 내 눈과 마음을 변화시켰다. 앞으로 '불편하다고 마냥 피하지 말고 직면해 보자.' 하는 긍정과 기대가 생겼다. 사람에게 닫힌 마음 문이 한 뼘 정도 열린 듯하다.

누구나 행복한 직장 생활을 원한다. 관계가 풀리면 일은 저절로 풀리고 행복은 덩달아 따라온다. 껄끄러운 상사와 관계를 부드럽게 유지하며 업무를 원활히 수행하려면 무엇이 필요할까. 가장 크게 두 가지가 떠오른다.

첫째, 시기적절한 '보고'다. 직장에서 상사에게 하는 보고는 일상이다. 일의 진행 과정을 알리는 중간보고, 일의 마침을 고하는 최종 보고 등 말이나 글을 통해 업무 상황을 상사에게 시기적절하게 알려야 한다. 특히 중간보고의 중요성은 열 번 강조해도 지나치지 않는다. 중간보고를 잘하느냐 못하느냐가 직장 생활의 희비를 가르기 때문이다.

보고할 때 중요한 건 '타이밍'이다. 보고하기 전 상사의 기분과 감정을 먼저 살펴야 한다. 대다수의 부하 직원은 업무 부담을 빨리 떨쳐 버리려는 마음에 상사의 상황을 살피지 않고 일방통행으로 상사에게 달려갔다가 '영혼까지 털리는' 일을 겪곤 한다. 급히 달려들면 상사에게 깨지고 상사가 홧김에 던지는 불필요한 업무를 받아 올 가능성이 커진다.

나도 혈기 왕성한 사회 초년생 시절에 조급함 탓에 시행착오를 겪었다. 보고할 때 상사의 상황을 충분히 살피지 못했다. 상사가 보고받을 마음의 여유가 없어 보이는데도 일을 빨리 마치고 싶은 의욕이 앞섰다. 조급함이 화를 불렀다. 상사의 퉁명스러운 말을 듣고 얼굴이 붉어지는 일을 종종 겪었다.

둘째, '유연한 태도'다. 직장에서 상사의 지시를 받는 일은 불가피하다. 비효율적인 업무 수행, 흔히 말하는 '삽질'을 극도로 꺼리는 나는 상사의 애매한 업무 지시에 토를 달았다. 자신의 말에 상대가 부정적 반응을 보이는 걸 좋아하는 사람은 없다. 상사 반응이 어땠겠는가. 표정과 말투가 싸늘하게 변했다. 상사가 내리는 업무 지시를 대하는 태도가 직장 생활의 행복 여부를 결정하며, 태도가 능력보다 중요하다는 사실을 나는 뒤늦게 깨달았다.

한편 상사의 긴급 지시에 무작정 뛰어들기보다 방향을 바로잡기 위한 기다림이 필요하다. 급한 상황에서는 상사가 생각을 정리하지 못한 채 일을 던질 수 있기 때문이다. '혼탁한 물이 시간이 지나면 저절로 맑아지듯' 상사의 모호한 지시가 분명해질 때까지 숨 고르기 할 시간이 필요하다. '동작 그만' 하고 잠시 상황을 지켜보면 일이 저절로 해결되는 기쁨을 누릴 때가 생긴다.

휴직 전과 지금의 직장 생활 모습이 달라졌다. 상대방 생각과 감정을 읽으려고 노력하고, 하고 싶은 말을 여러 번 참는다. 업무 보고 때 상사 감정을 살핀다. 웃고 있고 여유로워 보일 때 결재판을 내민다. 관계도 일의 과정도 휴직 전보다 매끄러워짐을 경험한다.

가끔 상사의 다급한 업무 지시를 받는다. 전 같으면 인상부터 찌푸려질 상황이다. 지금은 차분히 듣는다. 무리가 있어 보이는 지시일지라도 "네, 알겠습니다."라고 대답하며 긍정적으로 반응하려고 애쓴다. 한참 지나서 상사가 다시 온다. "해결됐네. 그거 안 해도 되네." 하며 교통을 정리한다. 상사 또한 윗선에서 내려오는 지시에 영향을 받는 사람이다. 의사 결정 과정에서 수시로 방향이 달라지는 게 다반사다. 이랬다저랬다 오락가락한 업무 지시에 '과민하게' 반응하기보다 '유연하게' 대응하는 것이 상사와 원만하게 지내는 지름길이다.

여전히 실수한다. '툭' 하고 생각 없이 던지는 상사의 말에 표정 관리를 못 할 때가 있다. 하지만 반복되는 실수를 줄이고자 몸부림친다. 하루 중 가장 오래 머무는 회사에서 웃으며 생활하고 싶기 때문이다. 나를 싫어하는 상사를 외나무다리에서 만나더라도 숨을 필요는 없다. '영원한 적도 친구도 없다.'라는 말처럼 나를 힘들게 하는 사람이 훗날 나의 조력자로 변할 수 있다.

씨름, 레슬링, 유도 선수는 상대와 맞설 때 엉덩이를 뒤로 빼고 몸을 낮춘다. 배구, 농구, 탁구 등 구기 종목 선수도 몸의 무게중심을 낮춰 안정된 플레이와 높은 순발력을 발휘한다. 스포츠에서 자세를 낮추는 건 기본 중의 기본이다.

스포츠에서처럼 자세를 낮추는 것이, 껄끄러운 상사에게서 살아남는 법이다. 어떤 상황에서 누굴 만나든 몸과 마음을 낮추는 건 결국 자신을 지키는 기본이다. 나를 낮추고 상사를 높이면 상사가 나를 대하는 태도가 달라진다. 유연성과 겸손함으로 무장하여 껄끄러운 상사에게서 살아남을 뿐만 아니라 상사와의 관계가 윤활유처럼 부드러워지기를 고대한다.

5

월급 통장은 삶의 흔적이다

"와, 대단하시네요."

재발급을 요청하며 건넨 통장을 보더니 은행 직원이 입을 크게 벌린다. 통장 발급 번호가 '38번'이다. 그것은 38번째 통장 발급을 의미한다. 한 계좌 번호로 장기간 거래한 나를 보며 은행 직원이 놀란다. 2004년에 현 직장과 인연을 맺어 농협에 월급 통장을 개설했다. 지금까지 은행 변경 없이 한 우물을 팠다.

가끔 통장을 꺼내 본다. 통장에 기록된 입출금 내역이 내가 살아온 삶의 흔적을 보여 준다. 첫 월급, 내 집 마련 계약금, 어머니 병원비, 아들 태권도장 수강료, 딸 미술 학원 수강료 등. 돈이 어디에서 들어오고 어디로 나갔는지를 보여 주는 통장은 '내가 어떻게 살아왔고 어디로 나아갈지'를 알려 주는 지표와 같다.

인터넷뱅킹, 폰뱅킹 활용이 보편화하면서, 이제는 통장을 정리하는 사람이 드물다. 나는 아날로그가 디지털보다 편하다. 통장을 한 장 두 장 넘기며 살아온 흔적을 살피는 걸 즐긴다. 수시로 은행에 가서 통장 내역을 정리하는 이유다. 언제 통장을 확인하는가. 통장 명세를 살펴볼 때 어떤 마음인가. '기다리는 돈이 들어왔을까' 기대하는 마음, 생활고에 시달려 '돈이 얼마나 남았을까' 걱정하는 마음 등 통장을 들여다보는 사람들의 마음은 제각각일 것이다.

육아휴직을 몇 개월 보내고 통장을 꺼내 보았다. 못 먹어 메마른 잔액이 불쌍한 표정으로 나를 쳐다본다. 휴직 전의 '살찐 통장'이 그리워진다. 가정 어린이집 교사로 일하는 아내 월급과 나라에서 보조하는 휴직 수당을 합해도 한 달 살아가는 게 빠듯하다. '이 돈으로 생계가 유지될 수 있을까'라는 걱정에 나와 아내가 소비하는 금액은 최소화하고 아들딸 학원비, 식비 지원에 집중했다.

휴직 기간을 한 달 남긴 밤이었다. 아이들이 잠든 늦은 밤에 서랍에서 통장을 꺼내 잔액을 확인했다. 통장에 찍힌 수치가 알뜰하게 살아온 삶의 흔적을 말해 준다. 남은 한 달 동안 네 식구 살기에 충분한 금액이다. "세이프!"라고 외치며 아내와 손바닥을 마주친다. "통장아, 고맙다."라는 말이 절로 나온다.

『아플 수도 없는 마흔이다』라는 책 제목처럼, 40대 가장은 아프면 안 된다. 시기적으로 돈이 가장 많이 필요한 나이대다. 연로하신 부모님의 건강과 경제 형편을 살피고, 중·고등학생인 자식들 공부를 한창 뒷바라지해야 할 시기다. 눈치 보기 바쁜 직장 생활과 한 치 앞도 내다볼 수 없는 사업으로 몸과 마음이 지쳐 쓰러질 것 같아도 내색을 할 수 없다. 자신에게 기대는 사람이 많아 항상 '괜찮은 척', '강한 척'을 해야 한다.

대한민국 경제가 심상치 않다. 대기업부터 중소기업, 자영업에 이르기까지 뿌리째 흔들리고 있다. 나라 경제가 '감기'에 걸려 기침을 시작하면 취약 계층 국민은 '열병 몸살'로 드러눕게 된다. 2021년 1월 21일자 『매일경제』 신문에서 「영세기업 코로나 못 버티고… 파산 역대 최다」라는 기사를 읽었다. 2020년에 전국 법원을 통해 접수된 파산 신청 수가 역대 최대로 급증했다는 내용이다. 법인이 1,069건으로 2019년보다 14.8% 증가하여, 관련 통계를 내기 시작한 이래 가장 많고, 개인 신청자가 5만 379건으로 2019년보다 10.3% 증가했다.

파산 신청 수치는 장기 불황에 '코로나 쇼크'가 겹쳐 우리 경제가 휘청이고 있다는 증거다. 문제는 파산 신청자 중 상당수가 회생 절차를 건너뛰고 바로 사업을 정리한다는 점이다. 어떻게든 살리기보다 그냥 사업을 접겠다는 폐업자가 늘어난다는 건 심각한 조짐이다. 가족, 직원, 거래 업체 등을 생각해서 무슨 수를 써서라도 버티던 과거와 다른 양상이다. 1997년 외환 위기 때보다 먹고살기가 어렵다는 말이 들릴 정도다.

외환 위기는 다시 생각하고 싶지 않은 악몽이다. 기업에게 어음을 사들인 금융권이 무너지고, 기업이 문을 닫고, 수많은 국민이 일자리를 잃었다. 회사 선배에게 외환 위기 당시 상황을 들은 적이 있다.

"저녁 먹고 TV를 보는데 내가 다니는 은행이 문을 닫는다는 거야. 하루아침에 직장을 잃고 먹고살기 위해 안 해 본 일이 없다. 지금도 악몽을 꿀 정도로 끔찍한 시절이었어."

선배는 충청은행 출신이다. 충청은행은 그때 부실 은행으로 지목되어 하나은행에 흡수합병되었다. 그 과정에서 수많은 가장이 일자리를 잃었다. 지켜야 할 가족이 길거리로 내몰렸다.

곽금주 서울대 심리학과 교수는 2020년 4월 17일 자『한국경제』신문에 기고한 칼럼에서 "실직의 고통은 가까운 가족의 죽음을 직면했을 때나 암과 같은 심각한 질병을 통보받았을 때의 정신적 손상보다 훨씬 크다."라고 말한다. 실직으로 생긴 트라우마는 신체와 정신 건강에 극심하게 부정적 영향을 미친다는 것이다.

잊을 만하면 한 번씩 '직장을 그만둔 꿈'을 꾼다. 20대 후반에 직장을 그만두고 생긴 트라우마가 지금도 나를 괴롭힌다. 직장에서 사람이나 업무 때문에 심한 스트레스를 받은 날에는 어김없이 그 악몽이 어두운 그림자를 드리운다.

누구나 직장을 그만두고 싶을 때가 찾아온다. 특히 마흔이 넘으면 생각이 많아진다. '계속 이렇게 살아야 하나.'부터 시작하여 '직장에서 잘못되면 어떡하지.' 하는 생각이 꼬리에 꼬리를 문다. 직장을 그만두거나 잃어 본 사람은 안다. 비바람이 몰아칠 때 직장이라는 우산이 나와 가정을 얼마나 든든히 지켜 주는지를.

직장인이 가장 기다리는 날은 '월급날'이다. 누구도 부인하지 못할 것이다. 월급날을 왜 그토록 기다릴까. 한 달 동안 일하고 받은 대가로 나와 가족이 안녕한 생활을 이어 갈 수 있기 때문이다. 복직하고 월급 통장에 찍힌 숫자가 나를 '생각 바다'로 밀어 넣는다. 직장에 복귀하고 자리 잡기까지 하루하루 견딘 시간이 떠올라 뭉클해진다.

어느 월급날이었다. 기분이 좋아 사무실에서 '꽈배기 파티'를 열었다. 기꺼이 한턱냈다. 직원들이 회의 탁자에 신문지를 펴고 모여 앉는다. 입사한 지 반년이 지난 부서 막내가 입을 연다. "시간이 참 빨라요. 금세 일주일, 뒤돌아서면 한 달이 지나가요." 월급으로 뭐 할 거냐고 묻는 부서장의 말에, 막내 직원 답변이 막 딴 과일처럼 신선하다. "동생 용돈 줄 거예요."

땀 흘려 일한 보상으로 받는 월급은 소중하다. 나를 위할 뿐 아니라 주변 사람을 이롭게 하는 열매다. 나는 오늘도 회사에 출근하며 아침을 연다. 올라가는 엘리베이터 안에서 '출근할 직장이 있어 감사합니다.' 하고 속으로 웅얼거린다. "안녕하세요, 좋은 아침입니다." 하고 큰 소리로 인사하며 사무실에 들어선다. 살찔 월급 통장을 기대하며 진지하게 한 달을 달린다.

6

투명소녀

한 해 동안 무수한 걸그룹이 생겼다가 사라진다. 대중의 인기를 얻지 못해 활동을 멈춘 걸그룹 멤버들의 현실은 상상을 초월한다. 그들은 생계 걱정에 허덕인다. 집 월세 낼 돈이 없어 대출을 받으려고 은행 문을 두드리지만 창구에서 돌아오는 답변은 냉정하다. "직장이 없고 신용 등급이 낮아 대출이 안 됩니다."

화려한 조명이 비추는 무대에 올라 대중의 환호를 받던 걸그룹이라는 타이틀을 내려놓는다. 먹고살기 위해 배달, 카페나 식당 알바 자리를 전전한다. 무엇보다 그들을 힘들게 하는 건 '꿈'을 잃었다는 거다. 불투명한 미래에 잠을 못 이룬다. 심지어 공황장애, 우울증에 시달려 신경정신과 치료를 받는 사람도 발생한다.

「미쓰백」이라는 TV 프로를 챙겨 봤다. 「미쓰백」은 사라져 간 걸그룹 멤버가 다시 일어서도록 돕는 '재기 프로젝트' 음악 방송이다. 가수 백지영, 작곡가 윤일상이 멘토로 나섰다.

작곡가 윤일상이 곡을 만들어 멤버들에게 '인생곡'을 선물한다. 선물이라고 그냥 주는 건 아니다. 열심히 땀 흘려 연습한 뒤 경연 과정을 거쳐야 한다. 걸그룹 멤버들은 활동 특성상 솔로곡이 없다. 혼자 노래 한 곡 전체를 부를 기회가 없고, 그룹 멤버로서 몇 소절만 소화할 뿐이다.

이제 그들 앞에 기회의 장이 열렸다. 그들은 한 곡의 노래를 혼자 부르며 재기를 준비한다. 그동안 부르던 걸그룹의 노래가 아니라 솔로 곡인 자신의 '인생곡'을 디딤돌 삼아 홀로 무대에 오를 그날을 손꼽아 기다린다.

가수 정유진의 인생 스토리에 귀를 집중한다. 정유진은 오랜 기간 연습생 시절을 보내고 걸그룹 '디아크'로 데뷔했다. 하지만 데뷔한 지 몇 달 만에 나락으로 떨어졌다. 아무리 애써도 대중이 알아주지 않았다. 인기를 얻지 못해 가요계에서 외면당한 채 그룹이 해체되는 좌절을 맛보았다. 방송을 보며 정유진에 대해 '부지런하다. 치열하게 산다. 노력파다.'라고 느꼈다. 정유진의 삶은 아침 일찍 일어나 늦은 밤 잠자리에 들 때까지 쉴 틈이 없다. 배달, PC방 알바, 노래 레슨 강사 일을 하며 매일을 똑같은 그림으로 살아간다.

마침내 치열한 경연을 뚫고 정유진이 「투명소녀」라는 곡의 주인이 되었다. 정유진이 부르는 「투명소녀」를 여러 번 들어본다. 가사를 음미하다가 심장에 통증을 느꼈다. 노래 가사 중에 두 마디가 내 심장을 때렸기 때문이다.

"아무리 애써도 알아주지 않아.

모두에게 잘해 주려 애를 쓰지만 소용없어."

2020년 11월 12일 자『동아일보』에「'잃어버린 세대' 29만 명」이란 기사가 실렸다. "7년째 취준생, 8년째 공시족… '이제 남은 건 나이와 좌절뿐'"이라는 헤드라인이 무겁게 다가왔다. 대한민국 청년이 직면한 현실의 심각성에 신음 섞인 한숨이 절로 나온다.

대학을 다니거나 졸업한 25세에서 39세 가운데 단 한 번도 취업을 못 해 본 청년 실업자가 역대 최대인 29만 명이다. 그들은 여기에도 저기에도 끼지 못한 채 '그림자 인간'으로 전락할 위기에 처했다고 한다. 아무리 애써도 안 풀리는 인생에 고개를 숙이고, 음지에서 '더 살아야 하나.'라는 고민으로 뜬눈으로 밤을 새우는 수많은 젊은이가 우리 주변에 존재하고 있다.

몇 년 전 초등학생인 아이들과 극장에서 영화「닥터 두리틀」을 관람했다. 의사인 두리틀의 친구는 동물들이다. 대부분의 동물이 화면에 자주 등장하며 대사도 많다. 한 동물만이 예외다. 바로 두리틀의 호주머니에 있는 어떤 동물이다. 그 동물은 한마디도 말을 안 하고, 딱 두 번 등장한다.

하지만 그 동물은 마지막 등장인 두 번째 출연에서 존재감을 나타낸다. 두리틀이 호주머니 속 그 동물에게 "너는 이 순간을 위해 태어났어."라고 말하자 그 말을 들은 자그마한 동물은 죽기 직전의 여왕을 살리는 데 절대적인 공을 세운다. 영화 전체에 거의 모습을 보이지 않지만 마지막 순간에 자기가 태어난 목적을 이룬다. 관객들의 마음 한복판에 그 모습이 하얀 눈 위의 발자국처럼 선명하게 새겨진다.

낭중지추. '주머니 속의 송곳은 밖으로 삐져나오게 되어 있다.'라는 뜻을 가진 한자 성어다. 역량 있는 사람은 눈에 띄려고 애쓰지 않아도 언젠가 반드시 눈에 띄게 되어 있다는 의미를 담고 있다. 사람은 모두 저마다의 인생 목적을 가지고 태어난다. 닥터 두리틀의 호주머니 속 동물처럼 평소 가려져 있는 사람일지라도, 언젠가 '가장 빛날 순간'을 만날 날이, 존재 가치를 인정받고 어두운 동굴에서 빠져나와 눈부신 태양을 마주할 날이 반드시 찾아올 것이다.

학교, 직장, 단체 등 사람이 모이는 곳이라면 어디에나 '눈에 띄지 않는 사람', '아무리 애써도 외면당하는 사람'이 존재한다. 그렇게 외면당하는 사람들은 크게 두 부류로 갈린다. 어차피 노력해도 인정받지 못할 테니 될 대로 되라는 식으로 자포자기하는 사람, 그리고 처한 상황에 굴하지 않고 자기가 정한 인생 방향을 푯대 삼아 성실하게 걸어가는 사람.

작년 3월에 1년간의 육아휴직을 마치고 복직했다. 휴직 기간 동안의 뒤처짐을 만회하려고 10개월 동안 업무에 진심을 다하고 선후배 관계에 정성을 기울였다. 각종 보고서 작성에 마음을 쏟았다. 그 결과 정부에서 주관하는 '공직유관기관 부패방지 시책평가'에서 최우수 등급인 1등급을 받았다. 전년에 3등급을 받은 터라, 2단계 상승에 부서원 모두 기뻐했다. 또한 감사실의 핵심 업무인 기관의 종합 감사 계획을 세우고 감사를 마친 후 감사 보고서를 최종 작성하는 업무를 주관했다. 전년보다 감사 실적이 세 배 이상 늘었다.

하지만 아무리 애써도 알아주지 않았다. 기대했던 연말 승진 인사에서 누락됐다. 휴직 전보다 열심히 뛰었지만 선입견과 편견이라는 두꺼운 벽을 뛰어넘기에는 역부족이었다. 마치 내가 투명인간이 된 것처럼 느껴졌다. 며칠 동안 무겁고 심란한 마음이 나를 엄습했다. 새벽마다 밀려오는 스산함이 나를 외로움의 구렁텅이로 밀어 넣었다.

새해 첫날 아내와 집 근처 한밭수목원을 한 시간 동안 거닐었다. 하얀 눈으로 덮인 수목원을 걸으며 '노력이 외면당한 것에 좌절하지 말자. 나 자신에게 떳떳하니 괜찮아. 다른 사람과 비교하지 말고 묵묵히 나의 길을 걸어가자. 새해가 내 편이 되어 줄 거야.'라고 생각을 정리하고 마음을 정돈했다.

수목원 산책을 마치고 도서관으로 발걸음을 옮겼다. 도서관에서 신문을 읽다가 2021년 신춘문예 당선자의 소감 첫 줄에서 눈이 멈췄다. "저를 아래로, 더 아래로 향하게 해 주신 하나님 감사합니다." 신춘문예 당선자의 고백이 나의 고백이 되기를 기도한다. 더 아래로 내려 주셔서 성찰과 성숙의 기회를 주신 그분께 감사하는 내가 되도록.

⑦
버팀이 용기다

　'버팀', '견딤'이라는 단어가 화두다. '버티고 견딘다.'라는 말은 어려운 여건에서도 힘을 내어 적응해 간다는 말과 상통한다. 새로운 상황에 적응하려면 얼마의 기간이 필요할까. 회사에 입사해 사회생활을 처음 시작할 때 선배에게 가장 많이 들은 말은 "석 달만 버텨라."였다. "석 달 동안 사람과 업무를 견디면 그 조직에서 살아남는다."라고 선배가 강조한 것이다.

　육아휴직을 마치고 처음 근무해 보는 총무부로 출근하는 내 모습이 마치 다른 사람 옷을 입은 듯 어색했다. 총무부에서 하는 일은 크게 인사, 재무, 총무 업무로 나눠진다. 인사, 재무 업무는 특수성이 있어 나의 근무 부서가 정해지지 않은 상황에서 기존 인사, 재무 담당자가 하던 업무를 떼어 맡기가 애매했다. 부서장이 나를 따로 불러 면담한다. 부서 돌아가는 상황을 설명하며 양해를 구한다.

　"기분 나쁘게 생각 말고 총무 업무 좀 도와줄 수 있겠나?"

"알겠습니다!"

직장 상황이 변했다. 휴직 중에 여자 후배 직원이 내 위 직급으로 승진해서 총무부에 근무 중이다. 내가 후배에게 결재를 올려야 하는 상황이 발생한 것이다. 나를 낮추지 않으면 견디기 어려운 현실에 당면했다.

큰 매형에게 'SOS' 신호를 보냈다. 큰 매형은 은행원으로 근무한 30년, 직장 은퇴 후 부동산업에 종사한 10년을 포함해 무려 40년 동안 사회생활을 경험했다. 내가 직장 생활에 어려움을 겪을 때마다 조언해 주는 멘토이다. 김이 모락모락 올라오는 찻잔을 앞에 두고 매형이 나의 자초지종을 듣는다. 끝까지 나의 말을 들은 매형이 자신의 은행 후배 이야기를 꺼낸다.

후배는 지점장이었다. 어느 날 은행 지점 간 치열한 영업 실적 경쟁에 밀려 명예퇴직을 종용받았다. 다른 지점장들은 넉넉한 명예퇴직금을 챙기고 은퇴했다. 하지만 후배는 퇴직보다 '버팀'을 선택했다. 후배가 버티자 조직 윗선에서 후배의 지점장 타이틀을 빼앗고 지점 고객 창구에 배치했다. 말단 직원이 담당하는 수납 업무를 맡긴 것이다.

그 소식을 접하고 매형이 후배를 찾아갔다. "많이 힘들지." 하고 걱정하는 매형 말에 "출근할 직장이 있는 것만으로도 좋아요. 제가 지점 직원들에게 도움이 돼서 보람 있어요."라고 후배가 대답했다고 한다. 자리에 연연하지 않고 성실하게 근무한 그 후배는 선임지점장이라는 명함을 되찾고 영광스러운 정년퇴직을 앞두고 있다고 한다.

복직한 지 두 달이 지났다. 제법 총무부 옷이 내 몸에 맞춰진다. 불확실한 앞날을 미리 걱정하지 않고 하루하루에 충실하다 보니 후배에게 결재를 올려야 하는 어려운 상황이지만, 가랑비에 옷 젖듯 나도 모르게 순응해 간다. 세상에 내게 딱 맞는 사람과 직장은 존재하지 않는다. 살아남아 '가족의 안녕'을 책임지기 위해 내가 맞춰야 한다.

복직한 지 세 달째에 근무 부서가 '감사실'로 확정됐다. 감사실로 발령 난 후 비서실에서 나를 호출한다. 회장이 나를 찾는다는 것이다. 회장이 따뜻한 차를 내준다. 복직한 첫날 정신없어 미뤄졌던 회장과의 티타임을, 새로운 부서로 이동하는 순간에 맞이한다. "직장 생활이 많이 남았으니 즐겁게 헤쳐 나가게." 하고 회장이 내게 당부한다.

복직하고 달력 세 장을 넘겼다. '직장 생활을 처음 시작하고 석 달을 무사히 넘긴 듯' 안도감이 몰려온다. 총무부에서 지낸 두 달은 '인생 보약'이다. 자신을 더 내려놓고 주어진 하루하루에 충실하자고 다짐한 나날이었다. 보약을 달이는 데 기다림이 필요하듯 내가 순금처럼 다듬어지는 시간이었다. '인생 지도'에서 거쳐야 할 필수 코스였다.

2020년 11월 27일 자 『중앙일보』에서 난타 공연 기획자로 유명한 송승환 대표 관련 글을 만났다. 기고문 타이틀이 「송승환의 "버티고 버텨서"」였다. 송승환은 배우다. 교수, 연출가 등 따라붙는 타이틀이 많지만 '배우'로 불리기를 원한다. 그는 시력을 잃고 있다. 2년 전 망막에 이상이 생겨 망막 시각세포가 죽어 가고 있다. 남아 있는 시력이 거의 없다.

그의 한가지 소원은 자기 얼굴을 다시 보는 것이다. "눈이 보여 무대에 꼭 한 번만 다시 서면 좋겠다."라고 말한다. 그의 간절함이 하늘을 감동시켰나보다. 작년 11월 정동극장 무대에 그가 올랐다. 연극 「더 드레서」에서 노(老)배우 역을 맡아 손짓 하나 몸짓 하나에 혼신의 힘을 담는다. 공연이 끝나고 배우 송승환 씨는 울먹이며 "다시는 못 설 줄 알았던 무대에 섰습니다. 여러분의 염려와 기도가 나를 일으켜 세웠습니다. 이 암울한 세상에서 '버티고 버텨서' 여기까지 왔습니다."라고 말했다.

'버티는 게 능력이다.'라는 말이 나올 정도로 인정의 기준이 달라지고 있다. '인생 경주'에서 남들보다 앞으로 치고 나가지 못하더라도 묵묵히 자기가 있어야 할 곳에 오래 머무는 사람이 인정받는 요즘이다. 직장 생활이든 사업이든 마음먹은 대로 오래 지속하기가 쉽지 않기 때문이다.

굴욕을 당하고, 나를 싫어하는 사람들로부터 욱여쌈을 당할지라도 잘 버티고 견디기 위한 노하우는 무엇일까.

첫째, 스스로를 어떻게 생각하고 평가하는지가 중요하다. 다른 사람을 불필요하게 의식하는 데 쓰이는 에너지를 줄이고, 내가 의미를 두는 가치와 목적에 집중해야 한다. 사람들은 내가 생각하는 것보다 훨씬 나에게 관심이 없다는 사실을 빨리 직시할수록 세상 살아가기가 수월해진다.

둘째, 오늘을 행복하게 견디게 해 줄 '꿈'이 필요하다. 자신 앞에 펼쳐질 기회를 잡기 위해 새로운 일에 도전하고 노력할 때, 버티고 견딜 힘이 생긴다. 퇴근하고 직장 일과 상관없이 스스로 좋아서 몰입할 수 있는 꿈이 있는 사람은 그 누구보다도 행복한 사람이다.

지금 하는 일이 지겨워 당장이라도 때려치우고 싶고, 주변 사람이 눈에 거슬려 욕을 실컷 퍼부어 주고 싶을 만큼 싫어도 그 자리를 견디며 꿈을 향해 걷다 보면, 인생 여정에 생각지 못한 의미 있는 기회가 찾아온다.

두려움은 오래 버티는 자를 두려워한다. 버팀은 두려움을 물리치는 특효약이다. 창피한 상황을 견디는 건 비굴한 게 아니라 용기 있는 행동이다. 인생에 항상 흐리고 비 오는 날만 존재하지는 않는다. 이제 오랫동안 힘든 시절을 견뎌 온 사람이 '비 온 뒤의 아름다운 무지개'를 감상하는 특권을 누릴 때다.

회사에서 퇴근하고 집으로 돌아오는 차 안에서 "오늘 하루도 잘 버티게 해 주셔서 감사합니다."라는 말을 조용히 읊조린다. 고마운 사람들이 하늘에서 반짝이는 별처럼 마음속에 하나둘 떠오른다. "잘하고 있어."라며 힘내라고 격려해 준 직장 선배, "누가 뭐래도 우리는 아빠 편이에요."라고 말과 편지로 응원하는 아들딸, "당신 위해 매일 아침 기도하고 있어요."라며 힘을 실어 주고 지지해 주는 아내의 얼굴이.

자기 전에 거울을 바라본다. 거울 속에 비친 나에게 말한다. "강한 자가 살아남는 게 아니라 달라진 상황을 받아들이고 적응하는 자가 살아남는다."

8
가속도가 붙을 시기가 온다

우사인 볼트는 세계에서 가장 빠른 사나이다. '9초 58'이라는 100미터 세계기록 보유자다. 우사인 볼트가 100미터를 달리는 영상을 보았다. 특이한 점이 눈에 띈다. 초반은 물론 중반까지는 1등으로 달리지 않는다. 중반 이후부터 가속도가 붙기 시작하더니 앞서가던 선수들을 하나둘 앞지른다. 결국 결승선에 가장 먼저 도착한다.

사람이 모이는 곳에서 경쟁은 불가피하다. 경쟁은 일회성으로 끝나는 것이 아니라 지속되는 것이다. 엎치락뒤치락하는 일이 다반사다. 결과에 일희일비할 필요가 없다. 직장 생활의 경우 사회에 첫발을 딛고 은퇴할 때까지 30년 세월이다. 마라톤처럼 긴 경주이기 때문에, 초반 중반에 뒤처졌다고 포기하기에는 이르다. 결승점에 도착할 때쯤 얼마든지 상황이 역전되어 있을 수 있다.

완주하려면 강한 체력과 인내심이 필요하다. 한 직장에서 30년 동안 근무한 사람을 찾기는 쉽지 않다. 이곳저곳 옮겨 다닌 직장을 포함해도 조직 생활 30년을 해내는 것은 하늘의 별 따기처럼 기적 같은 일이다.

사람들이 중간에 직장을 그만두는 이유는 '상사와의 불화', '승진 누락', '적성에 안 맞는 업무' 등 다양하다. 나는 20대에 직장 생활을 시작했다. 40대 중반인 올해로 20년째 조직에 몸담고 있다. 30대 시절 승진 못 하고 여러 번 물먹은 때, 직장 선배와 부딪혀 꽉꽉하고 숨 막히던 시절, 육아휴직 중 후배들이 내 위 직급으로 승진했다는 소식을 들은 순간 등 모든 걸 내려놓고 싶었던 순간도 여러 차례 있었다. 하지만 포기하지 않았다. 힘겹게 이겨 냈고 지금도 묵묵히 견디며 결승점을 향해 달리는 중이다. 경주에서 뒤처져 자리에 털썩 주저앉고 싶을 때마다, 고등학교 시절 좌절했다가 일어섰던 경험이 내게 든든한 버팀목이 되어 주었다.

지금 다른 사람보다 처져 있다고 고개 떨구고 어깨를 늘어뜨릴 필요는 없다. 우사인 볼트는 초반 속도가 느리다. 100미터 달리기 초중반까지 하위권에서 달린다. 달릴수록 점점 빨라진다. 무서울 정도로 '가속도'가 붙는다. 우사인 볼트가 뒤에 처져 있다고 걱정하는 사람은 많지 않다. 후반부터 치고 나갈 것을 믿기 때문이다.

김응수 씨는 수십 년 동안 '배우'라는 한 가지 종목의 경주에서 달려왔다. 밥도 먹기 어려울 정도로 형편이 어려웠다고 한다. 특히 반지하에서 처가살이했을 때가 가장 힘들었다고 한다. 하지만 그는 자신의 길을 포기하지 않았다. 어려운 상황에서도 유머와 다른 사람에 대한 배려를 잃지 않았다.

영화 「타짜」에 조연으로 출연해 즉흥적으로 내뱉은 "묻고 더블로 가!"라는 대사가 갑자기 화제가 되면서 그에게 130개의 CF 요청이 들어왔다. 그 후 드라마, 영화 섭외가 끊이지 않는다. 먹고 살기 힘들어도 배우라는 직업을 내려놓지 않고 자기만의 레이스를 계속해서 펼친 결과, 드디어 '가속도'가 붙은 인생 시기를 만난 것이다.

「싱어게인」이라는 TV 프로가 있다. '무명 가수의 발굴'이란 취지로 기획한 경연 프로그램이다. 이 프로를 볼 때마다 한쪽으로 고개를 돌린 채 눈물 훔치기 바쁘다. 긴 세월 동안 노래를 불렀지만 스포트라이트를 받지 못하고 소외당해 대중이 이름조차 기억하지 못하는 출연자가 대부분이다. 오랫동안 외면받다가 「싱어게인」이라는 무대를 통해 자신의 존재를 대중에게 알리고 감격해하는 출연자를 보며 진한 감동을 받았다.

어떤 출연자의 노래는 유튜브 조회 수가 1,900만 회를 넘어섰다. 수십 년간 대중에게 알려지지 않은 채 헤비메탈 장르로 활동한 가수는, 지금은 알아보지 못하는 사람이 없을 정도로 인기 절정이다. 다른 이들에게 하찮은 들풀로 보였겠지만 무명 가수 출연자들은 자신을 소중한 꽃으로 여기며 살아왔다. 마침내 「싱어게인」이라는 무대가 꿋꿋이 성실하게 살아온 무명 가수에게 가속도를 붙여 주었다.

초등학교 1학년 가을 운동회 날이었다. 운동회 피날레는 청백 계주였다. 1학년부터 6학년 학생 중에서 청팀, 백팀 대표로 한 명씩 선발해 운동장 반 바퀴씩 이어 달리는 경기였다. 내가 1학년 청팀 대표로 뽑혔다.

'빵!'

총소리를 시작으로 6학년 선배가 뛰기 시작한다. 5학년에서 2학년까지 이어 달린다. 청팀과 백팀 주자 간격이 점점 벌어지더니 어느덧 백팀이 청팀보다 운동장 반 바퀴를 앞섰다. 내가 마지막 주자였다. 상대 주자는 나보다 키가 30센티나 컸다.

마지막 바통을 이어 받아 달리기를 시작한다. 키가 큰 친구가 한 발 뛸 때 나는 두 발을 뛴다. 반 바퀴 거리가 점점 좁혀진다. 내 달리기에 '가속도'가 붙는다. 운동장이 웅성웅성하더니 우레 같은 함성이 일어난다. 하얗게 늘어진 결승선이 시야에 들어온다. 결승선을 앞두고 기적 같은 일이 벌어진다. 키가 큰 친구보다 딱 한 발 앞선 내 가슴에 결승선이 와 닿는다.

운동장이 뒤집힌다. 청팀 학생과 선생님이 우르르 내게 몰려온다. 공중으로 '부웅' 솟구친 나를 발견한다. 하늘이 참으로 높고 파랗다. 멀리서 어머니가 기뻐 뛰는 모습이 보인다. 여러 차례 헹가래 쳐지는 순간을 만끽한다. 표현할 수 없는 환희를 온몸으로 맞이한다. 운동회 날 이후 내게 '다람쥐'라는 별명이 붙었다.

반 바퀴 차이가 난 상황에 절망해서 뛰기를 포기했다면 그처럼 영화 같은 일이 일어났을까. 부정적 상황에 매몰되지 않았다. 내 페이스를 유지하며 점차 속력을 끌어올렸다. 살면서 뒤처졌다는 생각이 들거나 불리한 상황에 낙심될 때마다 초등학교 시절 운동회 청백 계주를 떠올린다. 한번 씨익 웃고서 옷소매를 걷어 올린다.

누구나 인생에 가속도가 붙을 시기가 찾아온다. 지금보다 힘든 시절을 거뜬히 이겨 낸 자신을 믿어야 한다. 내가 나를 믿어 줄 때 다른 사람도 나를 신뢰한다. 초반에 선두로 달리는 사람은 언제 따라잡힐

지 모르기에 불안하다. 뒤따라가는 사람이 오히려 여유가 있다. 앞에 가는 사람의 속도를 관망하며 언제든 치고 나갈 수 있기 때문이다.

앞서가는 사람과 차이가 클지라도 포기하지 않고 끝까지 달리면 어느새 결승선이 눈앞에 보일 것이다. 청명한 하늘을 공중에서 바라보며 세포가 곤두서는 기쁨을 온몸으로 느낀 초등학교 가을 운동회 그날처럼.

우여곡절 끝에 인생 전반전을 마쳤다. 하프타임에 '작가'와 '강연가'라는 꿈을 이루었다. 내 인생에 가속도가 붙기 시작했다. 속력을 높여 비행기가 활주로에서 날아오르듯, 성취한 꿈을 날개 삼아 인생 후반전에 당당한 비상을 시도한다.

2장

생각의 길을 걷다

①

서 있는 자리

'입장(立場)'이라는 단어를 한자로 풀어 보면 '서 있는 자리'라는 뜻이다. 사전에는 '당면하고 있는 상황'이라고 나와 있다. 사람의 생각과 행동에 가장 크게 영향을 미치는 요인은 무엇일까. 그 사람이 '어디에 서 있느냐'가 아닐까.

11년 전 현재 사는 아파트로 이사했다. 이사하고 첫 겨울을 맞이한다. 우리 가족의 새 보금자리 마련을 축복하듯 눈이 펑펑 쏟아진다. 하얀 눈이 내리자 진풍경이 펼쳐진다. 아파트 단지에서 아이들이 쏟아져 나온다. 아이들 손에는 플라스틱 눈썰매가 들려 있다. 경쟁하듯 바쁘게 뛰어가는 아이들 뒤를 호기심에 따라간다. '앗.' 아파트 길 건너편 공원이 눈썰매장으로 변한다.

공원 언덕 비탈길이 눈썰매 타는 아이들로 북새통이다. 코스도 다양하다. 경사가 급한 비탈길은 초등학교 고학년, 완만한 언덕은 저학년 코스다. 부모는 커피와 어묵을 즐기며 아이들을 흐뭇한 표정으로 바라본다.

그 광경을 목격한 후로 눈이 오면 나와 아들딸도 눈썰매 행렬에 동참한다. 눈 덮인 언덕을 온몸이 땀으로 젖을 정도로 수십 번 오르내린다. 아이들과 눈썰매를 실컷 타고 집에 들어가려는 순간이었다. 빗자루로 눈을 쓸던 아파트 직원이 한숨을 쉬며 내게 넋두리한다.

"올겨울에는 눈이 많이 안 와야 할 텐데요."

아파트 4층에 산다. 다리 운동을 위해 엘리베이터보다는 계단을 이용한다. 언젠가부터 3층 계단에 담배꽁초가 널브러져 있다. 계단을 오르내리며 인상이 찌푸려진다. 이웃을 배려하지 않는 계단 흡연자를 현상금 걸어 잡고 싶을 정도다. 어느 날 계단을 내려오다 벽에 붙어 있는 문구를 보았다.

"계단에서 담배 피우지 마시오, 담배꽁초 버리지 마시오."

계단 흡연자는 경고성 문구에 콧방귀 뀌듯 담배꽁초를 '예쁘게' 계단에 놓고 사라졌다. 나는 며칠 후 계단 벽을 보고 내 눈을 의심했다. 기존에 쓰여 있던 경고성 문구 아래에 "죽인다."라는 말과 함께 '반말 욕설'이 덧붙여져 있었기 때문이다.

벽에 욕설이 붙어서일까. 담배꽁초가 자취를 감춘다. 하지만 오래가지 않았다. 며칠 후 계단 흡연자가 도발한다. 담뱃갑에 일부러 담배꽁초를 세워 둔 것이다. 그렇게 한 달이 지나도 상황이 해결될 기미가 보이지 않는다. 아무래도 이웃끼리 불미스러운 일이 생길 것만 같다.

경비실을 방문해 상황을 설명했다. "알겠습니다. 가서 살펴보겠습니다."라는 답변을 듣고 집으로 돌아온다.

그 후 2주가 지나도 벽에는 욕설 문구가 그대로 붙어 있다. 담배꽁초가 여전히 계단을 뒹군다. 경비실에는 두 명이 교대로 근무한다. 마침 1층에서 화단을 가꾸던 다른 직원에게 분위기가 심상치 않다는 말을 전한다. 비로소 조치가 취해졌다. 두 달 동안 벽에 붙어 있던 살벌한 경고 문구가 사라졌다.

초등학교 교실에서 딸이 나오기를 기다리다 학교 현관 앞에 붙은 그림과 글을 보았다. 금연을 주제로 한 '문예전' 수상 작품이었다. "흡연은 독, 금연은 약."이라는 문구가 적힌 포스터를 보며 '담배 해로움을 이보다 더 정확히 표현할 수 있을까.'라는 생각이 들었다.

세상을 살며 지켜야 할 기본 질서는 유치원에서 모두 배운다고 한다. 다른 사람에게 피해 주지 않도록 새치기 안 하기, 거짓말 안 하기, 말 함부로 안 하기 등 유치원에서 배운 대로만 실천하면 사람 관계가 다툼 없이 평화로울 것이다. 운전자와 보행자만큼이나 흡연자와 비흡연자 처지는 상반된다. 양쪽 당사자가 언쟁하면 한 치도 양보할 수 없는 전쟁이 벌어진다. 담배 연기가 내 아이 방에 들어간다고 생각하면 아파트 계단에서 담배에 불을 붙일 수 있을까. 아파트 엘리베이터 안, 계단 벽 등 곳곳에 호소문이 덕지덕지 붙어 있다.

"계단, 베란다, 화장실에서 담배 피우지 마세요. 아이 방으로 담배 연기가 들어옵니다."

회사에서 내가 근무하는 부서는 감사실이다. 다른 부서를 감사해야 하는 일은 감사인에게 피할 수 없는 숙명이다. 전체 부서가 감사 대상인 '종합 감사'는 연례행사다. 작년에 두 달에 걸쳐 일곱 개 부서를 감사했다. 감사 시작 일주일 전부터 두통이 시작된다. 해당 부서에 자료를 요청하는 시작 단계부터 논리를 세우고 잘못한 부분을 지적하는 일까지 만만치 않다.

총무부 감사가 가장 힘들었다. 총무부의 업무가 방대하여 점검해야 할 사항이 한둘이 아니었다. 총무부 직원과 감사 사항에 관해 면담했다. 감사를 받는 처지가 유쾌할 리 없다. 감사받는 직원의 표정과 말투에서 불편함과 방어적인 태도를 읽는다. 나는 상대방 부담감을 풀어 주려고 세심한 주의를 기울여 질문한다. 감사를 시작한 지 이틀째에 퇴근하자마자 거실 소파에 쓰러진다. 좋은 일로 만나는 게 아니라 감사 지적 사항을 전달하려고 사람을 상대하는 일에 에너지 소모가 크다는 걸 체감했다.

감사하는 입장이라도 우격다짐은 금물이다. 작전 없이 밀어붙이면 백전백패다. 무엇보다 감사 대상을 존중해야 한다. 상대방 입장을 충분히 듣고 그 처지에서 생각해 봐야 한다. 잘못한 부분을 찾아내는 데 집중하다 보면 내 생각과 논리에 매몰되는 어리석음을 범할 수 있다.

과욕은 위험하다. 감사 건수를 늘리려는 목적으로 사소한 부분을 물고 늘어지면 안 된다. 감사 부서에 근무한다고 칼을 함부로 휘두르면 그 날카로운 칼이 부메랑이 되어 내게 날아올 수 있다. 살면서 공격과 수비 위치는 계속 바뀌는 법이니까.

'감사인'은 조직 내부에 쓴소리해야 하는 자리에 서 있다. '이것을 지적하면 상대가 나를 어떻게 생각할까. 욕먹는 건 아닐까.'라는 복잡한 생각에 사로잡히면 역할을 제대로 감당하기 어렵다. 생각을 단순하게 정리하고, 맡은 역할에 대해 담대하고 충실해야 한다. 두 달 동안 진행한 내부 감사를 마치며 '감사인'과 '피감인'이 서 있는 자리가 확연히 다름을 실감했다.

'아시타비(我是他非)'. 『교수신문』이 선정한 '2020년 올해의 사자성어'다. '아시타비'는 자신과 타인에게 각각 다른 도덕적 잣대를 사용하는 '내로남불'을 한자로 바꾼 신조어다. 사람들은 자신이 하는 행위는 옳고 다른 사람이 하는 행위는 잘못됐다고 생각하는 경향이 있다. 하지만 누가 옳고 누가 그르다고 단정할 수 없는 게 세상 이치다.

단풍잎이 우수수 땅에 떨어지고 하얀 눈이 펑펑 쏟아질 때 어떤 이는 미소 짓지만 누군가는 울상 짓는다. 누군가 밖으로 나가기 귀찮아 아파트 계단에서 편하게 흡연을 즐길 때, 주변에 사는 이웃은 벙어리 냉가슴이 된다. 감사인은 예리하게 창을 목표물에 찔러야 살아남고, 피감인은 빈틈없이 방패로 막아야 무사하다. 이렇듯 '서 있는 자리'에 따라 느끼는 감정과 바라보는 관점이 바뀐다. 한 번쯤 주변 사람이 서 있는 자리로 가 봐야 하는 이유다.

2

돈이 거짓말한다

"빌려줄 때는 서서 주고 돌려받을 때는 엎드려 받는다."라는 말이 있다. '돈' 이야기다. 빌려준 돈은 그만큼 돌려받기가 어렵다는 세상 속성을 꼬집는 말이다. 돈을 빌리려는 사람은 얼굴을 웃음으로 포장하고 언제까지 꼭 갚겠다고 장담한다. 하지만 돈을 빌리고 나서는 표정이 거북이 등처럼 딱딱해지고 슬슬 눈치 보며 도움 준 사람을 피하기 시작한다.

2015년 구정 명절을 며칠 앞둔 겨울날이었다. 어머니가 뇌경색으로 쓰러졌다는 연락을 받았다. 전국에 흩어져 사는 다섯 남매가 전주 예수병원 응급실에 모였다. 모두 숨 가쁜 가슴을 쓸어내리며 냉정해지려고 안간힘 쓴다. 어머니의 갑작스러운 병원행에 필요한 물품이 한둘이 아니다. 막내인 내가 병원 주차장으로 종종걸음 한다. 고향 집을 향해 차 엑셀을 밟는다.

어머니 방의 문을 여니 심하게 헝클어진 침대 이부자리가 눈에 들어온다. 어머니가 홀로 죽음과 사투를 벌였을 지옥 같은 밤을 생각하니 아픈 부위를 송곳으로 찔린 듯 고통이 몰려왔다. 수건, 칫솔, 컵, 옷가지 등 필요한 물건을 주섬주섬 챙긴다. 갑자기 시선이 옷걸이에 걸린 가방으로 향한다. 돈이나 다른 중요한 게 있는지 가방 속을 살핀다.

'으악.' 나는 가방 안에서 발견한 하얀 종이를 펼쳐 보고 말문이 막힌다. 몇 분 동안 선 채로 동상처럼 굳어 버린다. '차용증'이다. 동네 이웃 두 명에게 각각 1,700만 원과 1,000만 원을 빌려준 내용이 적혀 있다. 공무원의 아내로 살며 평생 아끼며 사신 어머니. 아버지가 하늘로 떠난 후 공무원 연금으로 형과 나의 대학 공부까지 책임진 어머니는 절약이 몸에 배었다.

절약이 생활화된 어머니지만 다른 사람에게 나누고 베푸는 데는 한없이 통이 크다. 어머니가 쓰러진 후 알았다. 이웃의 형편이 안쓰러워 돈을 계속 빌려준 게 액수가 눈덩이처럼 커졌다는 사실을. 어머니가 빌려준 돈은 그게 다가 아니었다. 벗겨지는 양파 속살처럼 드러나는 액수에 현기증이 일었다.

어렸을 때 일이다. 한 할머니가 기억난다. 전주에 사는 그 할머니는 우리 집을 방문할 때마다 "병태야." 하고 내 이름을 크게 부르며 대문을 밀고 들어왔다. 어머니를 부르는 거다. 이상한 점이 눈에 띈다. 빈손으로 집에 들어왔다가 대문을 나설 때는 오른손에 검은 봉지가 들려 있는 것이다. 나중에 알았다. 100만 원, 200만 원, 500만 원… 한 번 두 번 어머니가 빌려준 금액이 무려 5,000만 원이었다.

검은 봉지 안에 들어 있는 게 돈이라는 걸 알았을 때는 배가 떠난 뒤였다. 그 사람은 지금 이 세상 사람이 아니다. 죽으며 자기 아들에게 "관촌면장댁 돈은 꼭 갚아야 한다."라고 말했다고 한다.

그 자녀 중 누구도 연락해 온 사람은 없다. 차용증이 없어 찾아가 채무 상환을 요구할 수도 없다. 5,000만 원을 빌려 간 채무자가 세상을 떠난 지 얼마 안 돼 어머니가 뇌경색으로 쓰러졌다.

어머니가 건강하시던 때를 회상한다. 설날, 추석 명절이면 나는 어머니와 잘 지내는 이웃에게 포도씨유 선물 세트를 돌렸다. 어머니는 그런 나를 흐뭇하게 바라보았다. 하지만 어느 명절엔가 어머니가 다른 반응을 보였다. "내가 할 만큼 하니 너는 신경 안 써도 된다."라고 말하는 어머니의 모습이, 평소 모습과 달라 의아했다.

오랜 세월이 지난 후 아내가 나에게 "실은 어머니께서 이웃에게 빌려준 돈을 못 받고 계신대요."라고 귀띔해 준다. 명절에 어머니가 아내와 함께 주방에서 부침개를 뒤집다가 "빌려준 돈만 받아도 우리 며느리랑 좋은 데 놀러 다닐 텐데."라고 말했다는 것이다. 그때는 빌려준 돈이 그렇게 큰돈인지 아내는 상상도 못 했다고 한다.

어머니가 쓰러진 후 내가 몇 년간 돈 관리를 맡았다. 채무자인 동네 이웃에게 연락했다. 돈을 빌려 간 사람에게 전화하는 게 얼마나 이상한 기분인지, 언제까지 돈을 갚겠다거나 매달 얼마씩 보내 주겠다고 말하던 채무자가 얼마나 쉽게 손바닥 뒤집듯 말을 바꾸는지를 몸소 겪었다. 어머니 발병 후 수년이 흘렀다. 그들은 자신들의 빚을 잊은 듯하다. 고향 집을 청소하러 가기 전날 채무자 한 분에게 문자를 보냈다.

"안녕하세요. 내일 잠시 만나 뵈면 좋겠습니다. 어머니 건강 상태가 좋지 않습니다. 어머니 살아 계실 때 나머지 금액을 정리해 주시기를 부탁드립니다."

그분은 온종일 답이 없다가 다음 날 새벽에 꺼진 내 전화기에 "어머니 은혜를 어찌 잊겠는가. 평생 잊지 않을 거네. 꼭 갚을 테니 나를 믿어 주게나."라는 음성을 남겼다.

고향 집에 도착했다. 주인을 잃고 축 늘어진 집에 활기를 불어넣는다. 창문을 열고 바닥을 쓸고 닦으며 두 시간 동안 청소하니 이마에 땀이 맺힌다. 어머니에게 돈을 빌리고 갚지 않는 두 이웃집이 바로 근처다. 하지만 그들에게 연락하지 않았다. 집에까지 찾아가 돈 갚으라고 독촉하는 채권자가 되기 싫었다. 그 후 내게 음성 메시지를 남긴 이웃이 어머니 통장으로 20만 원을 보냈다. 그리고 다시 감감무소식이다.

어머니 건강 상태가 심상치 않다. 아무래도 어머니 살아 계실 때 돈 문제를 해결하는 게 맞다는 판단이 선다. 형과 상의해 내용 증명서를 보내기로 결정한다. 몇 년이 지나도 반응 없는 그들에게 이제는 말이 아닌 문서로 대응하기로 마음먹는다. 인터넷을 검색해 내용 증명서 작성 방법을 확인한다. 여러 사례를 살펴보며 어떻게 작성하는지 감을 잡는다. 문구 하나하나에 신중을 기한다. 쓰고 지우기를 반복한다. 내용 증명서를 받는 상대 기분이 상하지 않도록 자극적인 내용을 피하고 정중한 단어를 사용한다.

우편물이 도착했나 보다. 이웃 한 명에게 전화가 온다. "왜 이런 걸

보내서 속을 뒤집어 놓는 거야!"라며 목소리를 높여 따진다. '적반하
장도 분수가 있지.'라는 생각에 기가 막혀 할 말을 잃는다. 어머니가
쓰러진 직후 차용증을 들고 집에 찾아갔을 때 매달 20만 원씩 보내기
로 약속한 사람이었다.

심지어 그 이웃은 지금 말을 바꾼다. 기억해 보니 돈 다 갚았다며,
갚을 돈이 더는 안 남았다고 잡아뗀다. 거짓말을 들으며 인간사가 참
서글프다는 생각이 들었다. 어머니가 건강하셨을 때 그 이웃에게 돈
뿐만 아니라 수건, 옷, 시계 등 살림살이에도 여러모로 도움을 준 사
실을 안다. 나는 듣고 싶었다. 새빨간 거짓말이 아니라, 진정성 있는
사과를.

다음 날 다른 이웃에게 전화를 받았다. 이분은 말이라도 사과부터
한다. 그간 여러 차례 얘기했던 사정을 10분 넘게 반복한다. 어머니
가 돌아가셔도 그 돈은 꼭 갚겠다는 약속을 남긴다. 사과하고 갚겠다
는 사람에게 더 이상 무슨 말을 하겠는가. 또 거짓말하고 차일피일 미
룰지라도 빌려준 사람이 약자인 것을.

어머니는 전주에 볼일 보러 갔다가 식사 때가 돼도 좋아하는 칼국
수 한 그릇 사 먹는 걸 마다하고 집에 돌아와 식사하던 분이다. 어머
니 돈은 그냥 돈이 아니다. 평생 한 푼 두 푼 모은, 자식을 위한 꿈이
다. 몇 년 전 병상에 누워 있는 어머니와 주고받은 대화다.

"어머니, 주변 사람에게 돈 빌려주신 거 알아요."
"어떻게 알았냐?"

"차용증 봤어요. 빌려준 돈 받지 못한 거 자식에게 말도 못 하고 얼마나 끙끙 앓으셨어요."

"너희들이 알면 찾아가 난리 칠까 봐 말 못 했다."

"좋은 일 하신 거잖아요. 감사해요. 어머니가 몇천만 원 갚을 돈이 있는 게 아니라서요."

"내게 이런 아들이 있다니. 그렇게 말해 줘서 고맙구나!"

누구도 처음부터 안 갚을 생각을 품고 돈을 빌리지는 않을 것이다. 형편이 어렵고, 빌린 돈의 액수가 커져 갚을 엄두가 나지 않는 거라 생각한다. '죄는 미워하되 사람을 미워하지는 말라.'라는 말이 있듯, 나는 믿고 싶다. 사람이 거짓말하는 게 아니라 돈이 거짓말하는 것이라고.

③

인생 펑크

자전거로 직장에 출퇴근한다. 회사까지의 거리가 차로 가기에는 가깝고 걸어가기에는 멀어서, 자전거가 출퇴근 수단으로 안성맞춤이다. 어느 날 자전거로 퇴근하는 길이었다. 대전정부청사 옆길을 지나는데 사람들이 정부청사 앞에서 시위 중이다. 상복을 입고 피켓을 들었다. 스피커에서 흘러나오는 노동가 소리가 귀를 아프게 할 정도로 크게 울렸다.

내려가는 길목에서 시위하는 무리를 피해 자전거 핸들을 급하게 돌리다가 뒷바퀴가 '쿵' 하고 땅에 떨어졌다. 자전거 속도가 점점 느려진다. 느낌이 이상해 자전거에서 내려 뒷바퀴를 살펴본다. 바람이 빠져 타이어가 주저앉았다. '펑크다!' 집까지 절반도 못 갔는데 펑크라니. 퇴근길 자전거 펑크에 당혹스러웠다. 자전거를 들다시피 해서 겨우 집에 도착했다.

다음 날 차 트렁크에 자전거를 싣고 수리점을 방문했다. 수리점 주인이 타이어를 보자마자 "뒷바퀴 튜브와 타이어 모두 갈아야겠네요. 앞바퀴도 낡아 교체하는 게 좋겠습니다."라고 말한다. 자전거를 산지 5년이 넘었다. 또 출퇴근길에 펑크를 경험하고 싶지는 않아서 앞바퀴와 뒷바퀴를 모두 새것으로 바꿨다.

타이어를 수리한 다음 날이다. 왼쪽 핸들에 달린 '따릉이'가 먹통이다. 소리가 나지 않는다. 차 트렁크에 들어갔다가 나오면서 부딪혀 부서진 것이다. 출퇴근길에는 보행자들을 수없이 마주친다. 휴대폰 삼매경에 빠진 사람들은 자전거가 다가오는 걸 신경 쓰지 않는다. '따르릉' 소리를 내야 겨우 비켜 준다. '따릉이'는 사람들과 부딪히는 사고를 막기 위한 필수품이다.

'따릉이'를 고치러 자전거 수리점에 가는 중이었다. 한 장면이 눈에 들어온다. 도롯가에 트럭을 세우고 과일을 파는 할아버지가 트럭 난간에 컵라면을 올린 채 고개 숙여 식사 중이었다. 그분을 보며 울컥한 마음이 올라왔다.

육아휴직 기간에 집안일 하고 글 쓰며 아이들 챙기느라 점심 식사를 제때 못한 적이 많았다. 때로 떡이나 컵라면으로 끼니를 때웠다. 직장을 쉬어 고정 수입이 줄다 보니 지갑을 여는 데 소극적으로 변했다. 빵을 좋아하는 딸아이와 손잡고 길을 걷다가 제과점이 보이면 다른 길로 돌아갔다. 바나나를 사러 과일 가게에 갔다가 망고를 사 달라는 딸의 손을 잡아끌었다. 요리를 못해 반찬 가게에서 산 음식으로 차린 저녁상에 고기가 없는 것을 보고 아들이 표정으로 '이게 다예요?'라고 말한다. 아들딸이 먹고 싶어 하는 거 원 없이 사 주지 못한 그때를 생각하면 돌덩이가 가슴을 짓누르는 듯하다.

회사에 복귀하고 가장 좋은 건 점심을 규칙적으로 먹는 일이다. 회사 구내식당에서 식사할 때마다, 편하게 한 끼를 해결할 수 있음에 그저 감사하다. 컵라면으로 한 끼를 때우며 고생하는 노점상 할아버지를 보며 감정이입이 됐었나 보다. 자전거 '따릉이'를 고치고 집으로 돌아오는 길에 다시 바라본 노점상 할아버지가 활기차게 손님에게 과일을 파는 중이다. 안도감이 든다. 자전거 페달을 힘차게 밟는다.

류세라는 30대 초반의 가수다. 인터뷰 기사 내용을 읽으며 그녀가 살아온 인생 궤적에 놀랐다. 부모의 불화로 고통이 심해 도망가듯 캐나다로 유학을 떠난다. 중학교 고등학교를 캐나다에서 다니며 홀로 보내는 동안, 현지인 어른에게 사기당하고 학교에서 인종차별에 시달린다. 생존하려고 악착같이 영어를 익힌다.

한국으로 돌아와 포항에 있는 대학의 영문학과에 입학한다. 대학에서 뮤지컬, 연극 동아리 활동을 통해 무대를 경험하며, 다른 사람을 의식하지 않고 무대에서 자기표현에 몰입하는 게 행복하다는 걸 깨닫는다. 무대에 선 자신을 사람들이 좋아하는 것을 보며, 살아 있음을 느낀다.

그녀는 연기자가 되려고 무작정 서울로 올라간다. 몇 달 동안 단역으로 출연하다가 촬영장에서 "저거 치워."라는 말을 듣고 회의감에 빠진다. 수십 군데 연예 기획사를 전전한 끝에 모델돌 콘셉트의 걸그룹 '나인뮤지스'로 데뷔한다.

하지만 나인뮤지스는 잘나가는 걸그룹 대열에 끼지 못하고 가요 시장 변두리를 맴돈다. 류세라는 4년 만에 나인뮤지스를 탈퇴한다. 가수에게 그룹 탈퇴보다 더 큰 '인생 펑크'가 있을까. 그녀는 공황장애를 겪는다. 생활고에 시달리며 월세 걱정에 얼굴을 펴지 못한다.

그러던 차에 류세라에게 기회가 찾아온다. 인생이 '내리락' 할 때 「미쓰백」이라는 경연 프로에 출연하며 '오르락' 상승기류에 올라탄다. 「미쓰백」 출연을 거듭할수록 표정이 밝아진다. 경연에서 당당히 일등을 차지해 노래 「오르락내리락」의 주인이 된다. '인생 내리막'에서 허우적대던 류세라가 자신의 인생곡 「오르락내리락」을 디딤돌 삼아 비상을 준비한다. 류세라는 그룹 해체라는 펑크 난 타이어를 교체하고 가수로서 무대에 오를 꿈을 다시 꾼다.

2019년 9월에 호주에서 산불이 발생했다. 2020년 2월까지 무려 반년간 계속된 거대한 산불이었다. 남동부 해안가인 뉴사우스웨일스주에서 500만 헥타르가 산불에 탔다. 산불의 가장 큰 피해자는 '동물'이었다.

그중 특히 나무에 붙어 꼼짝하지 않는 특성을 가진 코알라는 전체 개체 수의 3분의 1 정도가 불에 타 죽은 것으로 추정된다. 전문가는 산불로 죽은 수가 상당해 코알라가 독자적으로 생존할 수 없는 '기능적 멸종' 단계에 이르렀다고 본다. 동물에게 산불과 같은 재해는 그들 삶을 무너뜨리는 '펑크'다. 생존을 위협하는 잔인하고 무시무시한 위기다.

시드니 근처 야생 공원에서 코알라 새끼가 태어났다. 산불 이후에 처음 태어난 코알라였다. 암컷이었다. 이름은 잿더미라는 뜻의 '애쉬(ash)'. 산불로 자연환경이 파괴된 상황에서 희망을 찾자는 의미로 지어진 이름이다.

코알라 새끼는 보통 7개월 동안 어미 주머니 속에 산다. 엄마인 로

지(Rosie) 주머니 속에서 사는 애쉬가 처음으로 머리를 내미는 장면이 카메라에 포착됐다. 암울한 현실 속에 태어난 애쉬를 보며 호주 국민은 다시 희망을 품는다. 산불로 생긴 충격과 절망을 잊으려 애쓴다.

산불이라는 역경을 뚫고 이 땅에 태어난 애쉬와, 누가 해칠까 봐 아기를 힘껏 안고 있는 엄마 로지 사진을 보며 여러 생각이 든다. 그중 가장 먼저 떠오르는 생각은 '감사'다. 퇴근한 나를 반겨 주는 가족, 세파에 시달리는 내게 휴식 공간을 제공하는 집, 허기진 배를 달랠 음식, 피로를 날리는 샤워 한 번, 마음에 안정을 주는 책 한 권에 고마움이 샘솟는다. 호주 국민에게 '희망 아이콘'이 된 새끼 코알라 애쉬가 내 가슴에 '감사 아이콘'으로 새겨졌다.

'펑크'의 뜻을 모르는 사람은 없을 것이다. 사전에서 말하는 첫 번째 뜻풀이는 '고무 튜브 따위에 구멍이 나서 터지는 일, 또는 그 구멍'이다. 두 번째 뜻풀이는 '일이 중도에 틀어지거나 잘못되는 일'이다. 타이어에 펑크가 나면 상태가 더 나빠지지 않도록 바로 대처해야 한다. 미리 타이어를 점검하는 습관은 두말할 것 없는 최선의 대비책이다.

'인생 펑크'도 마찬가지다. 코로나19가 세상을 뒤덮을지 누가 알았겠는가. 일이 틀어지거나 잘못되는 '인생 펑크'를 겪을 때 '그럼에도 불구하고'라는 긍정적인 생각으로 반응하는 게 중요하다. 당장 눈에 띄는 성과가 보이지 않을지라도 '잘됐을 때'의 모습을 상상하며 현재 내가 할 수 있는 일부터 스텝을 밟아 가야 한다. 꿋꿋이 나아가는 그 꾸준함과 성실함으로 맺은 열매가 '인생 펑크'를 만날 때마다 나를 도와줄 비밀 무기가 되어 줄 것이다.

4

신세계를 경험하다

'일상 탈출'. 가정주부라면 누구나 꿈꿀 것이다. 아침 해가 뜨자마자 집안일 하고 아이들을 챙기다 보면 어느새 싱크대 앞에서 저녁노을을 바라보는 자신을 발견하는 게 주부의 일상이다. 가정주부로 산지 9개월째다. 벚꽃 필 때 육아휴직을 시작했는데 나뭇잎이 단풍으로 옷을 갈아입었다.

화창한 가을날 아침에 후배 전화를 받았다. 후배 또한 육아휴직 중인 아빠다. 가슴이 터질 것 같다며 바람 쐬러 가자는 말을 꺼낸다. 전화를 받고서 갑자기 마음이 바빠진다. 아들딸 학교 간 사이에 집안일을 시작한다. 쌓인 빨래를 세탁기에 넣고 돌린다. 이불을 개고 청소기를 민다. 세탁을 마친 빨래를 건조대에 넌다. 평소와 같은 일상이지만 외출할 생각에 마음이 두근거린다. 오랜만에 잡힌 약속이 나의 마음을 어제와 다른 세상으로 옮겨 준다.

후배와 계룡산국립공원을 찾았다. 며칠 전 종일 내린 비로 계곡물이 풍성하다. 물이 속이 훤히 비칠 정도로 맑다. 손을 담근다. 단풍잎이 손가락 사이로 스쳐 지나간다. 황사 탓에 불편했던 어제 공기와 달리 오늘은 미세먼지 상태가 '아주 좋음'이다. 마음껏 숨을 들이마신다. 마치 후배와 나를 위해 준비된 듯한 환상적인 날씨다.

등산로를 걸으며 감탄사 연발이다. 시원하게 내리치는 폭포, 귀를 간지럽히는 계곡물 흐르는 소리, 우거진 갈대밭, 형형색색 물든 나뭇잎이 우리를 반긴다. 집에서 벗어나 탁 트인 공간을 걸으니 답답한 가슴이 뻥 뚫린다.

평지를 30분쯤 걸었을까. 벤치가 보인다. 경사가 가파른 등산로를 앞두고 한 박자 쉬어 가는 쉼터다. 오늘의 목적은 등산이 아니다. 답답한 속을 동치미처럼 시원하게 풀어내는 대화가 우선이다.

벤치에 앉아 서로의 일상을 나눈다. 후배는 육아휴직을 한 지 반년이 지났다. 아이들 학습을 도와주다 욱하고, 집안일 하다가 갑자기 멍해진다고 말한다. 꿈에 그리던 휴직을 했는데 왠지 모를 불안감이 몰려온단다. 복직할 날이 많이 남았지만 벌써 직장에 돌아갈 걱정이 불쑥 찾아온다는 후배. '복직해서 잘할 수 있을까', '인사상 불이익을 받지는 않을까' 하는 생각이 들어 심란해질 때가 있다는 것이다.

후배 이야기를 들으며 마치 내 생각과 감정을 들킨 듯하다. 아직 복직까지 3개월이 넘게 남은 나도, 사실은 예고 없이 밀려드는 두려움 때문에 멍하니 베란다 너머 산을 바라볼 때가 있기 때문이다.

남자 둘이 모여 수다 떠는 소리에 산천이 놀랐는지 한바탕 부는 바람에 나뭇잎이 우수수 떨어진다. 시계를 보니 점심시간이 가까워진다. 의자에서 일어나 왔던 길을 되돌아간다. 느릿느릿 다리를 움직이며 언제 다시 볼지 모르는 공원 경치를 눈에 담는다.

등산로를 내려오다가 지나가는 사람에게 사진 촬영을 부탁했다. 나이가 지긋해 보이는 어르신이다. 왼쪽 오른쪽 여러 각도로 찍어 주는 센스가 남다르다. "고맙습니다."라고 말하며 돌아서는 순간 "나도 한 장 찍어 줄래요?"라는 목소리가 들린다. 어르신 휴대폰을 받아 들고 카메라 버튼을 누른다.

다시 걸으며 후배와 못다 한 속 이야기를 두런두런 주고받는다. 그때였다. 사진 찍어 준 어르신이 갑자기 우리 곁으로 바짝 다가오며 "어디서 왔어요?"라고 묻는다. 답변하고 고개를 돌려 후배와 대화를 이어 가려는 순간 어르신이 말을 시작한다.

호박엿처럼 끊어질 듯 끊어지지 않고 늘어지는 어르신 이야기를 들으며 반응을 보이느라 우리끼리 대화 나눌 새가 사라진다. 어르신은 쉬지 않고 말을 이어 간다. 안 되겠다 싶어 잠시 걸음을 멈추고 그분과 거리를 둔다. 후배와 하던 얘기를 다시 나누려는데 어르신 눈빛이 우리가 자기 쪽으로 걸어오기를 기다린다. 발걸음이 우리와 일직선이 되자 묻지도 않은 말을 또 시작한다. 30분 동안 그분 이야기를 듣노라니 어느새 등산로 끝이 보인다.

산행하다 보면 처음 보는 사람이라도 지나가며 인사 몇 마디 할 정도로 마음이 열린다. 하지만 어르신의 경우는 정도를 벗어났다. 어르신 덕분에 '처음 만난 사람이 쉼 없이 쏟아 내는 말'을 들어야 하는 신세계를 경험했다. 사진 한 장 찍어 달라고 부탁했다가 혹 붙인 기분이었다.

한편 '어르신이 대화가 고팠나 보다.' 하는 생각이 스친다. 오순도순 대화 나누는 두 젊은이 사이에 눈치 없이 끼어들어 말을 쏟아 낼 정도로 말이다. 때에 맞게 리액션을 보이며 그분 이야기를 끝까지 들었다. 그래서인지 신나게 말을 이어 간 어르신. 흘러가는 늦가을에 혼자 산행하는 걸 보면 사람이 그리우셨나 보다.

그 마음이 어렴풋이 헤아려진다. 휴직하고 집에 있노라니 사람이 그리울 때가 생긴다. 마음 맞는 사람과 카페에서 차를 마시며 회포를 푼 날은 기분이 업된다. 마음이 힐링되어 며칠간 활기찬 에너지를 유지한다.

산행을 마치고 내려오는데 머리에 차가움이 느껴진다. 보일 듯 말 듯 한 하얀 물질이 떨어진다. 눈이다. 비록 펑펑 내리는 함박눈은 아니지만 나에게 설렘을 주기에 충분했다.

육아휴직 9개월을 보내는 동안 책을 쓰고 강연 자료 준비하는 데 몰입했다. 아이들 학습을 돕고 집안일 하느라 다른 데 눈 돌릴 여유가 부족했다. 후배 덕분에 산에 와서 바깥바람을 쐬니 '조금 내려놓고 지냈으면 좋았을 텐데.' 하는 아쉬운 마음이 든다. 곧바로 '괜찮아. 아직 3개월 하고도 열흘이나 남았어.'라며 자신을 다독인다. 반복되는 일상에서 앞만 보고 달리다가 풍경 좋은 자연을 만끽하며 옆도 보고 뒤도 돌아보니 신세계가 따로 없다.

위는 육아휴직 중이었던 2019년 11월 어느 멋진 가을날에 있었던 일이다. 마스크를 쓸 필요 없었던 '코로나 이전' 시대다. 2021년인 지금은 그때와 완전히 다른 세상이다. 여러 사람이 함께 만날 수 없고, 해외는 물론 국내도 자유롭게 여행 다닐 수 없는, 과거에 상상도 못

한 새로운 세계다.

이러한 '신세계'는 더 이상 경험하고 싶지 않다. 빨리 벗어나고 싶다. 보고 싶은 사람을 언제든 만날 수 있고, 가족과 비행기 타고 다른 나라 여행도 마음껏 다닐 수 있던 옛날 세상으로 하루빨리 돌아가고 싶다.

⑤

당연지사

"학교 가기 싫어요."

딸이 아침에 학교 가기 싫다고 응석 부린다. 아들과 딸이 격주로 번갈아 가며 오프라인 등교 중이다. "다음 주는 오빠가 학교 가고 태희가 집에 있잖니." 하며 엄마가 달랜다. 엄마 말에 "그렇구나." 하며 편해진 얼굴로 딸이 현관문을 나선다.

온라인 수업에 참석하던 아들이 학교에 가기 전날 밤이다. 아들이 밤새 뒤척인다. 새벽 내내 일어났다 눕기를 반복한다. 아침 6시에 일어나 학교 갈 준비를 마친다. 초등학교 5학년이 되어 처음으로 선생님과 반 친구를 대면할 생각에 긴장되어 허둥대는 아이 모습이 안쓰럽다.

부모에게 아이들이 학교에 가는 일은 당연하다. 하지만 '코로나19' 탓에 학교에 못 가고 석 달 넘게 집에 머물던 아이들도 과연 그렇게 생각할까.

아들이 식탁에 앉아 아침을 먹는다. 허겁지겁 식사 중인 아들의 형

클어진 머리를 손으로 만져 준다. 안방으로 들어가 빗을 가져온다. 머리를 이리저리 빗어 준다. 아들은 아직은 외모에 관심이 적다. 머리가 이리저리 삐져나오고 떠 있어도 자신 있게 신발을 신는다.

아들이 현관 앞에 선다. 엄마가 아들을 위해 기도한다. 자신과 키가 비슷해진 아들을 껴안고 기도하는 아내와, 커다란 덩치를 엄마 품에 맡기고 눈 감은 아들 모습이 사랑스럽다. 아들에게 다가간다. 왼뺨에 뽀뽀하고 "학교 잘 다녀와." 하며 엉덩이를 토닥인다.

도서관은 나에게 피난처요, 꿈터다. 아들딸에게는 마음껏 책 읽으며 놀 수 있는 휴식처다. 휴직 중에 아이들과 매일 두 시간을 도서관에서 보냈다. 특히 여름방학 두 달 동안은 거의 도서관에서 살다시피 했다. 방학 동안 도서관은 엄마들과 아이들로 북적였다. 폭염 탓에 자리 쟁탈전이 치열했다. 빵빵한 에어컨 바람을 쐬며 독서를 즐길 수 있는 도서관만큼 훌륭한 피서지는 없었다.

복직하고 주말이 되면 도서관으로 향했다. 휴가 때도 마찬가지다. 휴가 3일을 도서관에서 보낸 적이 있다. 집에서 걸어서 5분 거리인 도서관으로 출근했다. 마음껏 책을 읽고 글 쓰며 나를 돌아보고 싶었다. 코로나 상황이 여전하다. 도서관 입장 전에 발열 체크는 필수이고 사회적 거리 두기를 위해 좌석은 예약제로 운영되었다. 4인용 탁자에 한 명이 앉도록 의자를 배치한다. 선착순 안에 들어 좌석표를 받으면 마음이 든든하다. 몇 시간 동안 내 자리를 보장해 주는 좌석표를 보물처럼 손에 꼭 쥔다.

코로나 상황이 심상치 않다. 확진자 수가 급증한다. 우려했던 상황이 벌어진다. 우리 가족 꿈터요, 휴식공간인 도서관 폐쇄 명령이 떨어진 것이다. 주말마다 두 시간씩 온 가족이 신문과 책을 읽던 공간이 막힌다. 주말을 어떻게 보내야 할지 갈피를 잡지 못한다. 도서관에 가면 한 번에 사십 권을 빌릴 정도로 책을 좋아하는 아이들이 도서관에 가지 못하고 등교도 못 한 채 집에서 멍하니 보내는 날이 늘어 간다.

2020년 9월 23일 자 중앙일보에 실린 「습관은 공간에 밴다」라는 칼럼에서 서울대 심리학과 최인철 교수는 "일정한 장소에서 일정한 시간에 반복하는 행위가 습관"이라고 말한다. 습관은 철저하게 공간과 시간이라는 맥락의 지배를 받는다는 것이다.

"코로나19 확산으로 도서관이 문을 닫고 카페 모임이 사라졌어요. 한마디로 습관이 사라진 거죠. 일정한 시간에 일정한 장소로 가던 행위가 사라지니 사람들 마음이 힘든 겁니다."라고 최인철 교수는 상황을 진단한다.

'쏴아', 세차게 내리는 빗소리에 주말 아침 일찍 잠에서 깬다. 담요를 걷어 내고 침대에 몸을 기댄 채 창밖을 바라본다. 쉼 없이 내리는 비로 나무와 도로가 물을 흠뻑 머금었다. 몇 년 사이 폭포수처럼 쏟아지는 비는 처음이다.

'자연 세차가 따로 없겠다는 생각에 차 키를 들고 집 밖으로 나왔다. 지하 1층에서 잠자는 차를 지상으로 끌어올린다. '두둑 우두둑'. 시선이 차 앞 유리로 향한다. 빗방울이 '코로나'에게 화풀이하듯 유리를 세차게 때린다. 잠시 차 안에 앉아 쏟아지는 비를 바라본다.

그때 전화벨이 울린다. 아내가 "도서관 문을 열었대요."라고 들뜬 목소리로 희소식을 알린다. 몇 달 동안 닫혀 있던 도서관 문이 드디어 열렸다. 천국 문이 열린 듯하다. '제2의 홈'이라고 부를 만큼 도서관을 좋아하는 아들과 뛰는 걸음으로 도서관으로 향한다.

휴직 기간에 도서관에서 매일 신문을 챙겨 보며 신문 보는 안목이 높아지고 시사에 밝아졌다. 몇 달 만에 도서관을 방문해 열 가지 이상의 신문이 가지런히 진열된 신문 코너를 보니 가슴이 뛰었다. 즐겨 보는 신문 두 가지를 손에 들고 구석 자리에 앉는다. 한산한 도서관에서 종이 신문을 넘기는 순간 손끝이 찌릿하다. 일상을 회복한 안도감과 기쁨의 전율이다. 두 시간 동안 칼럼, 사설, 에세이를 읽으며 생각과 감정을 정돈한다.

자유를 빼앗겨 본 적 있는 사람이 1분 1초 자유의 소중함을 알 듯, 몇 달간 금지되었던 도서관 출입은 평소 생각 없이 오가는 장소가 어떤 의미인지 내게 깨달음을 주었다. 잃었을 때 비로소 '귀함'을 알아보는 게 도서관뿐이겠는가. 물, 공기, 건강, 가족, 직장, 사업장, 나라 등 바로 세어 봐도 열 손가락으로는 부족하다.

영화 「소울 서퍼」를 관람했다. 자신의 영혼만큼 서핑을 사랑한 소녀 이야기다. 하와이 카우아이 섬에서 나고 자란 베서니 해밀턴은 부모님 영향으로 어려서부터 서핑을 즐겼다. 소녀는 기업 후원을 받을 정도로 장래가 밝은 파도타기 선수로 성장했다.

2003년 큰 대회를 앞두고 해변에서 훈련 중이었다. 서핑보드에 엎드려 왼팔로 바닷물을 젓는 순간 갑작스럽게 달려든 뱀상어의 공격을 받았다. 뱀상어 이빨에 왼쪽 팔이 뜯겨 나갔다. 13세 나이에 한쪽 팔을 잃고 말았다.

하지만 베서니는 사고 26일 만에 오른손에 보드를 잡은 채 다시 바다로 나간다. 그녀는 "상어에 대한 공포심보다 서핑을 다시 못할 것에 대한 두려움이 훨씬 컸어요."라고 말한다. 자신을 힘들게 한 상황이나 사람을 다시 맞닥뜨리지 않는 게 보통 사람이다. 직면하는 게 두렵고 고통스럽기 때문이다. 그녀는 달랐다. 남은 한 손으로 남들보다 두 배 세 배 연습을 거듭했다.

영화 「소울 서퍼」는 실화다. 베서니 해밀턴은 올해 30세가 되었다. 두 아이의 엄마이자 현역 서핑 선수다. 세계서핑연맹(WSL) 리그에서 좋은 성적을 얻어 월드챔피언십 투어 출전권을 획득하는 게 목표다.

'당연지사(當然之事)'는 말 그대로 '당연한 일'이라는 뜻이다. 우리는 팔 두 개가 있다는 걸 당연하게 여긴다. 아침에 일어나 눈이 떠지고 두 발로 걸을 수 있다는 사실에 감격하지 않는다. 하지만 당연하게 보이는 것들이 당연한 게 아니다. 걷고, 보고, 학교나 직장에 가고, 도서관을 방문하는 일상이 당연한 것 같지만 누군가에는 특별한 일이다.

영화 「소울 서퍼」 끝에 베서니 해밀턴이 남긴 말이 세상 어떤 말보다 아름답게 들린다.

"두 팔이 있을 때보다 세상을 더 크게 안을 수 있는 지금이 행복합니다."

6

백조의 다리

물 위로 보이는 백조는 우아하다. 하늘 향해 고개를 들어 올리고 물 위를 유유히 떠다니는 몸의 움직임이 부드럽고 여유롭다. 밖으로 드러나지 않는 물 아래 백조의 모습은 어떠할까. 짧은 다리를 쉬지 않고 움직인다. 빠르게 움직이는 다리가 경박스럽게 보인다. 하지만 백조가 우아한 자태로 폼 잡으며 사람들의 칭송을 받을 수 있는 건 바로 수면 아래서 수고하는 다리 덕분이다.

야구를 좋아한다. 한 해에 적어도 네다섯 번 가족과 함께 야구장을 방문한다. 야구장에 가면 가슴이 트이고 기분이 상쾌해진다. 눈을 시원케 하는 녹색 그라운드, 에너지 넘치는 응원과 함성, 경기를 보며 즐기는 치킨과 김밥이 일상에서 벗어나 소풍 온 듯한 기분을 느끼게 한다.

야구에서 내 관심은 스타플레이어, 신인 유망주 선수에게 집중된다. 그 선수들이 활약해서, 내가 응원하는 팀이 승리하기를 바란다. TV를 통해 집중 조명되는 선수를 보이지 않는 곳에서 뒷바라지하며 건강 체크, 경기 기록 관리, 물품 등을 지원하는 야구단 직원인 '프런트'는 관심 밖이었다.

드라마 「스토브리그」에 푹 빠졌다. 「스토브리그」는 야구 드라마다. 신문 기사를 읽다가 흥미로운 점을 발견했다. '야구가 소재인 드라마지만 경기 장면이 없는 드라마'라고 소개하는 기사가 눈길을 끌었다. 그때부터 관심이 생겨 본방 사수로 드라마를 챙겨 보기 시작했다.

야구단장 역을 맡은 남궁민 씨의 사이다같이 시원한 연기가 일품이었다. 야구장이라는 무대에서 스포트라이트를 받는 선수들 이면에, 그들을 위해 '백조의 다리'처럼 야구장 밖에서 발을 동동거리며 헌신하는 사람들이 많다는 사실을 드라마를 통해 새롭게 알게 됐다.

오토바이 소리가 요란하다. '부르릉' 소음은 낮과 밤을 가리지 않는다. 아파트 단지 입구의 '오토바이 인도 진입 금지'라는 표지가 무색하다. 아파트 쪽문의 인도로 진입하는 오토바이를 보고 흠칫 놀라 몸을 오른쪽으로 간신히 피한 때가 생각난다.

라이더가 인도와 차도를 가리지 않고 지나다녀 여간 시끄럽고 불편한 게 아니다. 급한 일이 생겼는데, 시동을 켠 채 아파트 주차장 앞에 연달아 늘어서 있는 오토바이 때문에 차를 빼지 못하고 라이더가 오기만을 기다리며 마음고생을 한 적도 있다.

'집콕' 하는 사람에게 음식 배달은 필수 생존 전략이다. 코로나 영향으로 음식 배달 주문이 폭증한다. 도로 위 라이더 수가 눈에 띄게 늘었다. 배달 음식 수요자가 증가하니 배달자도 늘어나는 게 자유 시장 경제에서 당연한 이치다.

어느 날 점심시간이었다. 식사를 마치고 사무실에 올라와 봉지 커피를 종이컵에 붓고 휴게실로 이동한다. 커피를 한 모금 마시며 창밖으로 고개를 돌린다. 12층에서 내려다본 단풍 든 나무들이 뜻밖의 선물처럼 반갑다. 알록달록 색동옷 입은 듯한 가로수 풍경이 눈을 즐겁게 한다.

가로수를 내려다보다가 이색 풍경을 목격한다. 신호가 바뀌기를 기다리며 나란히 한 줄로 서 있는 오토바이 라이더 네 명을 발견한다. 단체로 멈춰 있는 라이더 모습을 보며, 평소와는 다른 생각이 들었다.

2020년 10월 19일 자 『주간조선』 기사에 따르면 코로나 여파로 실업자가 120만 명이 넘었다. 직장을 잃은 사람들이 생계 대안으로 배달 라이더 직업에 몰린다. 기자가 하루 동안 라이더 생활을 체험했다. 배달 한 건에 수수료 3,500원을 받는다. 10시간 배달 근무로 번 돈은 5만 1,400원이다. 생수 한 개, 점심과 저녁으로 지출한 비용을 빼고 나면 순수입은 3만 8,300원이다.

기자가 직접 라이더 직업을 겪어 보니 그동안 모르고 살던 도로 위의 전쟁터 같은 세상이 보였다고 한다. 배달 수수료 생각에 한 건이라도 더 배달하려다 보니 운전이 과감해지고 교통신호를 무시하게 되는 경향이 저절로 생긴다는 말을 덧붙인다.

신문 기사를 읽고 라이더에 대한 생각에 잠긴다. 라이더는 생존을 위해 위험을 무릅쓰고 치열하게 사는 사람들이며 집콕 하는 사람들을 위해 집 앞까지 친절히 음식을 전해 주는 고마운 도우미라는 사실이 보이기 시작한다.

배달된 음식을 식탁에 차리고 음악을 들으며 가족과 우아하게 식사할 수 있는 건, 비대면이 대세가 된 코로나 시대에 '백조의 다리' 역할을 묵묵히 감당하는 라이더 분들 덕분이라는 걸 깨닫는다. 라이더를 아파트 내에서 소음을 일으키고 인도를 점령해 통행자에게 불편을 끼치는 존재로만 여겼던 나의 마음이 부끄럽게 느껴졌다.

지금 내 모습과, 내가 누리고 있는 삶을 생각해 본다. 고등학교를 자퇴한 우여곡절이 있었음에도 대학까지 무사히 공부를 마쳤다. 사기업에 취직해 사회 초년 시절에 직장 생활의 쓴맛을 보고 사표를 던진 후 직장 생활을 더는 못할 줄 알았던 내가 공공 기관에 18년째 재직 중이다.

연애라고는 해 본 적 없는 어설픈 시골 청년이 과분한 여자를 만나 화목한 가정을 이루었다. "아빠가 있어서 좋아요. 아빠는 참 멋있어요."라고 말해 주는 아들딸을 둔 아빠가 되었다. 물 밖의 백조 모습처럼 가끔 여행을 다니며 삶의 여유를 누린다.

지금 누리는 모든 게 내 노력으로 이룬 것일까. 지방 공무원으로 성실하게 근무하며 가족을 향한 책임감으로 정년퇴직까지 완주한 아버지. 그리고 고등학교에 적응 못 하고 우울증에 시달려 인생 끈을 놓고 싶었던 나를 희생과 오래 참음으로 끝까지 포기하지 않은 어머니가 나를 우아하게 살도록 지탱해 준 '백조의 다리'였다.

누구나 고마운 사람이 한 명쯤은 있다. 「TV는 사랑을 싣고」라는 프로에 모시고 싶을 정도로 나를 도와주고 응원해 준 사람이 반드시 존재한다.

보이는 게 다가 아니다. 보이지 않는 세계가 더 가치 있고 중요하다. 나를 위해 '백조의 다리'로 살아오신 분들의 사랑 덕분에 내가 이렇게 살아갈 수 있음을 고백한다. 이제 내가 누군가의 '백조의 다리'로 살아갈 때다.

7

절박한 기다림

재활 요양 병원에 계시는 어머니가 편찮으시다는 병원 연락을 받고 휴가를 냈다. "막내 왔어요."라고 인사하며 어머니 안색을 살핀다. 수액을 맞고 있는 어머니 곁을 아침부터 지킨다. 책을 읽으며 어머니와 도란도란 말을 주고받는다.

"막둥아, 배고프다."라고 말하는 어머니에게 바나나를 껍질 벗겨 한 입 두 입 넣어드린다. 꽉꽉함을 달래 드리려 빨대를 이용해 물을 드린다. 티슈로 어머니 눈가와 입술 주변을 정리한다.

멍하니 앉아 있을 때와 달리 손에 책이 있으니 어머니를 대하는 마음에 여유가 생긴다. 저녁이 되어 병실을 나서며 어머니에게 "다음에 와서 책 읽어 드릴게요."라고 말한다. 옆에 계시던 할머니가 "나도 읽어 줘요."라며 끼어든다.

토요일 오후에 어머니 병실에 들어선다. 어머니는 매일 쓴 약을 드시는 데다 치아 상태가 안 좋아, 달고 부드러운 빵을 좋아하신다. 어머니가 내가 사 온 팥빵을 달라고 조른다. 빵을 드시고 편안해진 어머니에게 책을 읽어 드린다.

"막내아들이 책을 썼어요. 어머니에 대해 쓴 부분 읽어 드릴게요."
라고 말하며 다른 할머니들에게 방해될까 봐 어머니 귀에 대고 속삭
인다. 어머니 오른쪽 옆에 계신 할머니가 "크게 읽어 줘요. 우리도 좀
듣게."라고 말한다. 건너편 할머니도 "그래요. 우리도 같이 들어요."라
고 거든다. 목소리 톤을 높여 책을 읽기 시작한다. 할머니들 표정이
밝아진다.

어머니 병원에 들를 때마다 같은 병실 할머니들이 내게 말을 건다.
'외로우시구나. 병실에 자주 찾아오는 사람이 없어 마음이 어려우시겠
다.'라는 생각이 들어 병실에 오갈 때마다 할머니들에게 인사를 건넨
다. "안녕히 계세요. 또 올게요."

어머니가 뇌경색으로 쓰러진 지 5년이 지났다. 대전 재활병원에서
오랜 세월 치료했으나 별다른 차도가 없다. 왼쪽 팔다리가 마비되어
어머니 혼자 거동이 불가능하다. 평택에 거주하는 형이 "그동안 애썼
다. 어머니 여생은 형이 가까이서 모시고 싶구나."라고 말한다. 어머니
가 성탄절을 앞두고 평택 요양 병원으로 치료 장소를 옮겼다.

성탄절에 어머니를 웃게 해 드리고 싶다. 음식을 준비해 가족과 평
택으로 향한다. 고속도로가 한산하다. 한 번도 막힘없이 탄탄대로다.
어머니 병원에 도착한다. 병원 직원에게 물어 어머니 병실을 확인한다.

엘리베이터를 타고 3층으로 이동한다. 새로 옮긴 병원에서 처음 뵙
는 어머니를 향해 걸음을 빨리한다. 어머니 안색이 대전에서 뵐 때보
다 좋지 않다. 병실 사람들, 간병사, 간호사, 의사 등 바뀐 환경에 불

안한지 어머니 눈빛이 흔들린다.

어머니께 인사하니 '놀라움 반, 반가움 반'이다. 병원 음식이 입에 안 맞는지 점심을 먹는 둥 마는 둥이다. 아내가 팔을 걷어붙인다. 찐 고구마 껍질을 벗겨 드리니 몇 입 드신다. 잠시 후 형 부부가 병실에 들어온다. 형수가 "다른 분들과 나눠 드세요."라며 챙겨 온 음식을 간 병사에게 전한다.

어머니 손을 잡고 기도한다. 기도를 마치고 어머니 눈을 바라보며 "자주 올게요."라고 인사한다. 병실을 나오는데 발이 안 떨어진다. 나를 바라보는 어머니 눈이 '슬픔을 머금은 사슴 눈'처럼 가엽게 느껴진다.

대전에 계실 때와 다른 지역에서 어머니를 뵙고 나오는 마음이 하늘과 땅 차이다. 이래서 가까이 계실 때 더 잘하라는 말이 있나 보다. 어두운 망망대해를 떠돌며 두려움에 떠는 나에게 등대가 되어 주신 어머니. 병약해져 불안해하는 어머니를 이제는 내가 지켜 드려야 한다. '새해가 되면 바로 찾아뵈어야겠다.'라고 다짐한다.

이산가족이 따로 없다. 코로나19가 병원 면회에 넘지 못할 장벽을 쌓았다. 면회 가능하다는 병원 연락을 기다릴 수밖에 없다. 오랜 기다림 끝에 기쁜 소식이 날아온다. 어머니 면회가 잠깐 가능하다는 병원 연락을 받았다. 큰누나, 형 부부, 우리 가족이 한달음에 달려간다.

어머니를 반년 만에 마주한다. 어머니의 흔들리는 눈빛과 몰라보게 몸이 마른 모습을 보노라니 내 시선을 어디에 둘지 모르겠다. 휠체어에 몸을 의지한 어머니 이동을 손자인 태은이가 돕는다. 야외 휴게실로 온 가족이 움직인다. 태은이가 할머니를 웃게 해 드리려고 "할머니, 오랜만에 이렇게 많이 오니까 좋으세요?"라고 애교 부린다.

손녀인 태희가 준비한 그림을 할머니 앞에서 펼친다. 할머니가 병석에서 일어나 달리는 모습이다. 힘내시라고 편지를 읽어 드린다. 형수와 아내가 가져온 음식을 꺼낸다. 콩국수, 죽, 수박, 복숭아, 팥빵을 조금씩 떼어 입에 넣어 드린다. 옆에 앉아 어머니를 바라보며 머리카락을 쓸어 드리고 등을 토닥이는 것 외에 내가 할 수 있는 일이 없다.

오랜만에 바깥바람 쐬니 어머니 안색이 힘들어 보인다. "그만 들어가자."라고 어머니가 말한다. 헤어지기 전에 어머니 모습을 사진에 담는다. 병실로 들어가시기 전에 우리를 바라보는 어머니를 향해 모두 허리를 굽힌다.

어머니의 82번째 생신을 며칠 앞두었다. 몇 달째 자식들 얼굴 한번 못 본 채 병원에서 보내는 나날이 얼마나 힘겹고 고통스러우실까. "생신날이 다가오는데 어머니 얼굴은 뵐 수 있을까?"라고 형에게 문자를 보냈다. "면회 금지야. 미역국 끓여서 넣어 드리려고."라고 형이 답장한다.

코로나19 상황이 심해져 요양 병원 면회가 완전히 막혔다. 어머니 얼굴도 볼 수 없어 간병사 통해 미역국이라도 넣어 드리려고 한다는 형 문자를 받으니 마음이 편치 않았다. 가만히 있을 수 없다. 뭐라도 힘이 되고 싶다. 다시 형에게 "통장으로 조금 보냈어. 어머니 생신 챙기는 데 도움 됐으면 해서."라는 문자를 보낸다. 잠시 후 "어머니는 못 뵈더라도 같이 밥이라도 먹게 올래?"라는 형의 문자가 들어온다.

'어머니도 못 뵈는데 형제들 모여 식사하는 게 무슨 의미가 있나.'라는 생각이 '어머니 생신 기념으로 형제들이 모이는 자체가 효도겠구나.'로 바뀐다. 일요일 아침 일찍 집을 나서 평택 요양 병원에 도착한다. '혹시라도 어머니 얼굴을 뵐 수 있지 않을까.'라는 한 줌의 기대를 품은 채 병원에 들어갔다.

현실은 냉정하다. 원무과 직원 표정이 얼음장 같다. 병원 측 지시에 따를 수밖에 없다. 유리 출입문 너머 병실에 누워 있는 어머니 얼굴조차 볼 수 없는 현실에 고개를 떨군다. 형수가 음식을 많이 준비했다. "병실에 있는 분들과 나눠 드세요."라고 말하며 케이크, 과일, 다과를 간병사 손에 건넨다. 아들딸이 쓴 그림 편지가 케이크 상자 위에 올라탄다.

갈수록 눈에 띄게 쇠약해지는 어머니. 앞으로 몇 번이나 어머니 생신을 기념할 수 있을까. 끝이 보이지 않는 코로나19 상황이 부모 자식 사이에 오갈 수 없는 '눈물의 강'을 만든다. 울 수도 없는 현실에 그저 하늘만 바라본다. 어머니 면회가 가능하다는 병원 전화가 오기를 절박한 마음으로 오늘도 기다린다.

8

생각의 길을 걷다

스페인에 산티아고 순례길이 있다. 전 세계인이 산티아고 순례길을 찾는다. 800킬로미터나 되는 그 길을 사람들은 무엇을 위해 고생하며 걸을까. 「The Way」라는 영화를 봤다. 영화 제목인 '그 길'이 바로 산티아고 순례길이다.

영화는 초반부터 관객을 몰입시킨다. 아들이 '그 길'을 걷다가 사망했다는 안타까운 소식이 날아온다. 아버지가 스페인으로 황급히 달려간다. 아들 시체를 확인한 후 고민 끝에 화장시킨다. 나이 많은 아버지는 아들 유해를 작은 상자에 담아 가방에 넣고 '그 길'을 아들과 함께 걷기 시작한다.

젊은이도 완주하기 힘든 '그 길'을 끝까지 걷는다. 오가는 순례자들과 이야기를 나누고 동행하며 아들을 먼저 보낸 아픔을 달랜다. 가지 말라고 말렸던 이 길을 아들이 왜 그토록 걸으려고 했는지 깨닫는다. 산티아고 순례길은 '생각의 길'이다. 풀리지 않는 인생 퍼즐에 대해 자신에게 묻고 생각하며 인생 해답을 찾으려고 몸부림치는 길이다.

나에게도 '생각의 길'이 있다. 걸어서 한 시간 코스인 아파트 둘레길이다. 황토로 조성된 둘레길을 걸으며 마음을 추스르고 생각을 정돈한다. 산책과 거리가 멀던 내가 황톳길을 걷기 시작한 계기가 떠오른다.

휴직 중에 책을 쓰고 출판사에 투고한 후 연락을 기다렸다. 하루이틀 지나도 출간 계약을 알리는 소식이 오지 않는다. 속 타는 마음을 식히려고 한밤에 집을 나선다. 그동안 보이지 않던 아파트 단지를 둘러싼 황톳길이 눈에 들어온다. 그날 이후 밤마다 황톳길을 걸었다. 흙을 밟으며 내 인생 스토리가 세상에 흘러갈 수 있기를 소망했다.

생각의 길을 걸으며 얻은 깨달음을 소개한다. 어느 날 밤이었다. 편한 운동복 차림으로 황톳길을 걷다가 말쑥한 정장을 입고 지나가는 직장인들에게 시선이 꽂힌다. 가정주부가 되어 집안일 하고 아이들 돌보는 일상을 살다 보니 나도 모르게 위축됐다. 문득 그들과 내가 동떨어진 세상에 사는 듯 느껴졌다.

복직하고 직장인으로 돌아가 '그 길'을 다시 걷는다. 정장 입고 지나가는 사람들과 '동떨어진' 세계가 아닌 '동(同)세계'에 머무는 것 같다. '일체유심조(一切唯心造)'. '모든 것은 마음이 만든다.'라는 뜻으로 원효대사가 당나라 유학길 중 하룻밤 사이 얻은 깨달음이다.

세상은 내가 휴직 중에도 복직 후에도 같은 상태이다. 달라진 건 내 마음이다. 상황에 따라 변하는 나의 마음 상태에 따라 사물과 현상이 다른 의미로 다가온 것이다.

2020년 3월 25일 자 『국민일보』에 「루틴은 나의 힘」이라는 칼럼이 실렸다. 내용 중 "하루의 시작과 끝에 정해진 루틴이 있다는 사실이 삶에 안정감을 준다."라는 말에 빨간 펜으로 밑줄을 그었다. 독서, 글쓰기, 산책하기 등 반복되는 루틴이 갖는 일상의 힘을 나도 경험하고 있기 때문이다.

산책이 생활의 중요한 부분으로 자리 잡았다. 밤 산책은 내게 고단한 하루를 정리하는 '의식'과 같다. 저녁 식사 후 아이들이 영어 동화책을 읽고 해석하는 걸 돕는다. 아이들과 영어로 놀고 있는 동안 아내는 설거지를 마친다. 간편복으로 갈아입고 아내와 집을 나서 황토둘레길을 걷는다. 아내와 함께 보조를 맞춰 걸으며 글감, 직장 생활, 아내 건강 상태, 아들딸 친구 관계 등 다양한 이야기를 주고받는다.

이불처럼 푹신한 황톳길을 대화하며 걷노라면 금세 산책 코스 끝이 보인다. 산책을 마치고 집에 들어오면 옷이 살짝 젖을 정도로 땀이 올라온다. 걷고 나니 생각이 맑아지고 땀 흘리니 기분이 상쾌해진다. 밤 산책이라는 일상 루틴에 행복감을 느낀다.

힘든 하루를 마치고 집에 돌아오면 대부분의 사람은 소파에 쓰러진다. 무심코 손에 잡은 리모컨을 누르며 한동안 TV 앞에서 꼼짝하지 않는다. 하루를 마감하는 루틴으로 '세상 다 준다 해도 바꿀 수 없는' 가족과 산책하며 살가운 시간을 가져 보기를 권한다. 잠긴 대화문이 열리고 이야기꽃이 화창하게 피어오르는 새로운 밤을 경험할 것이다.

몇 달 전 새 가족이 생겼다. 색깔이 예쁜 물고기인 구피다. 구피 두 마리를 사서 아담한 어항에 넣어 주었다. 아침에 눈을 뜨자마자, 자기 전에 구피를 바라보는 게 온 가족 일상이 되었다.

암컷 수컷이 만나 사랑을 나눈다. 암컷 구피 배가 점점 불룩해지더니 여섯 마리의 새끼 구피를 출산한다. 출산 후 한 달이 흐른다. 암컷 구피 배가 또 불룩하다. 열네 마리 새끼를 세상에 내보낸다.

어느 날 아들과 단둘이 산책을 나섰다. 황톳길을 비추는 조명이 은은하다. 말없이 한참을 걷다가 아들이 어두운 표정으로 말한다.

"아빠, 사랑이가 안 보여요."
"어항 아래에서 노나 보다."
"……."

집에 처음 들어온 구피 두 마리에게 아들이 '사랑이'와 '축복이'라는 이름을 지어 주었다. 암컷 구피 이름이 사랑이다. 산책을 마치고 집에 돌아와 아내에게 상황을 물어본다. 어항 아래에 하얗게 변해 누워 있는 사랑이를 뜰채로 건졌다고 한다.

"사랑이가 두 번 출산으로 힘들었나 봐요."라고 말하며 아내가 한숨을 내쉰다. 암컷 구피의 죽음으로 우울해진 아들이 시간이 흐르며 미소를 회복한다. 사랑이가 세상을 떠나기 전 남겨 준 새끼 구피 스무 마리가 어항에서 꿈틀대며 무럭무럭 자라고 있기에.

나의 애정 산책로인 황톳길을 매일 걷는다. 글을 쓰다 막히면 홀로 걸으며 생각에 빠져든다. 몸과 마음을 이완한 채 걷다 보면 신선한 아이디어가 떠오른다. 산책하며 낚아 올린 생각이 글에 녹아 들어간다. 막힌 글의 문맥이 쾌변처럼 시원하게 뚫린다. 산책은 나의 글쓰기에 영감을 주는 일등 공신이다.

아내와 단둘이 '그 길'을 걷는다. 아이들을 의식하느라 집에서는 터놓기 어려웠던 대화를 나눈다. 아내 말을 가만히 들으며 아내가 서 있는 자리에서 생각해 본다. 미안함을 표현한다. 고마움을 표현한다. 얽힌 오해를 풀고 공감의 폭을 넓힌 우리 부부는 신혼 때처럼 손잡고 집으로 돌아온다.

아들딸과 산책하며 일대일 데이트를 즐긴다. 아이와 단둘이 걸으며 이야기하다 보면 깜짝 놀랄 때가 생긴다. 예상치 못한 속 얘기를 털어놓기 때문이다. '성'에 관한 궁금증, 이성 관계, 학습, 꿈, 장래 직업 등에 관한 질문을 받을 때마다 여러 번 생각하고 진솔하게 대답해 준다.

온 가족의 건강과 관계를 책임지는 산책로인 황톳길. 그 길은 휴직 중에는 나의 소원을 이루도록 도운 '꿈길'이었고, 복직 후에는 '직장 생활 2막'을 응원하는 '쉼터'가 되어 준다. 오늘도 하루를 마무리하는 나의 루틴은 계속된다. 변함없이 생각의 길을 걷는다.

3장

우울증에 딴지를 걸다

① 어쩌다 랩 하다

발라드 장르 음악을 즐겨 듣는다. 가사가 시처럼 담백하고 선율이 아름다운 발라드풍의 노래를 들으면 감성에 젖어 들어 마음이 편안해진다. 랩은 나와 거리가 멀다. 노랫말을 빠르게 쏟아 내 알아듣기가 힘들고 비속어가 섞인 가사가 듣기에 거북하다.

계족산 황톳길 나들이를 계획했다. 가족과 주말에 경치 좋은 산에 오를 생각에 며칠 전부터 설레었다. 하지만 복병을 만났다. 갑자기 찾아온 감기 몸살기를 이겨 내지 못해 주말 내내 집에 머물러야만 했다. 요즘 부쩍 마음이 답답해 바람을 쐬고 싶었다. 단풍 든 나뭇잎, 시원한 바람, 탁 트인 풍경이 눈앞에 아른거린다. 건강 관리를 제대로 못 한 나 때문에 소풍이 물거품 되어 가족에게 미안한 마음이 컸다.

주말 오전 일찍 아내가 외출했다. 나와 아들딸이 집에 남았다. 무거운 몸을 일으켰다. 기운을 차리려고 세면대에서 씻고 있는데, 거실 탁자에 앉아 있는 아들이 내게 무슨 말을 했다. 거리가 멀어 잘 들리지 않았다. 몸 상태가 흐린 날씨다 보니 예민해졌다. 화장실에서 나오자마자 첫 마디가 신경질적으로 터졌다.

"아빠가 뭐 하는지 보고 말해라. 씻고 있는데 멀리서 말하면 들리니? 생각 좀 하고 말해. 알겠어?"

혈압이 오르니 다른 곳에도 불똥이 튄다. 물 마시러 부엌을 지나가다 딸아이의 쓰레기장 같은 방이 눈에 들어온다. 걷잡을 수 없는 말이 딸을 향해 내달린다.

"왜 정리를 안 하니. 너는 어지르고, 엄마 아빠는 정리하는 사람이야? 아빠가 휴직 중에 그렇게 말했는데 아직도 못 고치니?"

콧김을 뿜어 대며 안방으로 들어갔다. 옷을 갈아입으며 올라온 마음을 가라앉히려 애써 보지만 역부족이다. 혼잣말이 이어진다. 말이 멈춰지지 않는다. 한참 있다가 아빠 목소리가 잦아들자 딸아이가 안방 문을 살며시 연다. 얼굴에 어색한 웃음을 띤 채 내게 다가와 조심스레 한마디를 건넨다.

"아빠, 랩 하시는 줄 알았어요."

순간 웃음이 터졌다. 평소 말을 느리게 하려고 의도적으로 노력한다. 하지만 급한 일이 있거나 기분이 나쁘면 본색이 드러난다. 톤이 '솔'까지 올라가고 말이 빨라진다. 아빠 말이 '랩'처럼 빨라 알아듣기 힘들었다는 딸아이의 애교 섞인 말에 얼어붙은 마음이 녹아내린다.

딸 덕분에 깨달음을 얻는다. 나와는 상관없다고 생각한 랩이 나와 거리가 가까움을. 비속어 섞어 가며 속사포처럼 빨리 말해서 듣는 사람 기분을 상하게 만드는 사람이 바로 나였다는 사실을.

저녁에 TV 채널을 돌리다 EBS에서 리모컨을 멈춘다. 영화 「어느 멋진 날」이 방영 중이다. 주인공이 조지 클루니, 미셸 파이퍼다. 이름만 들어도 설레는 명배우 출연에 채널을 고정한다.

'티키타카(tiqui-taca)'. 스페인어로 '탁구공이 왔다 갔다 하는 모습'을 뜻하는 말로, '짧은 패스를 빠르게 주고받는 축구 경기 전술'을 말하기도 한다. 최근에는 '빠르게 주고받는 대화'로 의미가 통한다. 조지 클루니와 미셸 파이퍼가 '탁구공이 빠르게 오가듯' 쉬지 않고 말을 주고받는다. 빠른 대화에 눈을 떼지 못하고 빨려 들어간다.

주인공은 이혼남, 이혼녀이다. 각자 딸과 아들을 홀로 키운다. 신문사 칼럼 기자인 조지 클루니, 직장 여성인 미셸 파이퍼는 어느 날 출근 전에 일이 꼬인다. 아이들이 학교 소풍 떠나는 배를 놓치고 말았다. 주인공 아이들이 같은 학교 학생이다. 결국 자녀를 데리고 직장에 출근한다.

주인공은 서로 사사건건 티격태격하며 우여곡절을 겪는다. 둘을 하나로 묶어 주는 일이 생긴다. 둘 다 직장에서 잘릴 위기에 처한 것이다. 직장이라는 절박한 상황이 그들을 상부상조로 이끈다. 직장 일을 해결하도록 상대방 아이를 몇 시간씩 맡아 준다. 극적으로 일이 풀려 해고를 면한다.

처음 만났을 때부터 서로에게 끌린 두 사람은 영화 끝에서 키스로 마음을 확인한다. 영화 「어느 멋진 날」은 표면적으로는 중년 남녀의 사랑 이야기다. 하지만 보는 사람에 따라 관점이 달라진다.

나는 사랑 이야기보다 '부모가 아이들을 대하는 태도'에 눈길이 간다. 조지 클루니는 고양이를 손에서 놓지 않고 떼쓰는 딸아이에게 놀라울 정도의 인내심을 발휘한다. 당장 직장에 돌아가지 않으면 해고당할 위기에서도 딸 감정을 읽고 자기 생각을 말하며 타협점을 찾는다.

미셸 파이퍼는 임원에게 보여 줄 건축 조감도를 나르다가 아들의 장난으로 넘어진다. 회사의 미래를 책임질 조감도가 망가진다. 그 상황에서 나라면 어떻게 행동했을까. 목소리가 높아져 천장이 들썩였을 것이다. 직장에서 잘릴 수 있는 상황에서 미셸 파이퍼는 냉정함을 잃지 않는다. 아들에게 말로 상처 주지 않으려고 안간힘 쓴다.

두 사람 모두 자녀 양육의 롤 모델을 보여 준다. '영화니까 그렇지. 현실이라면 저렇게 못 할 거야.'라고 덮어버리기에는 내게 주는 울림이 컸다.

'자가당착'. 같은 사람의 말이나 행동이 앞뒤가 서로 맞지 않고 모순됨을 뜻한다. 아이들에게 가르친 말을 내가 실천하지 못하는 경우가 허다하다. '내 경우는 달라. 그럴 만한 상황이었어.'라고 말하며 앞뒤가 맞지 않는 모습을 쉽게 합리화한다. 다른 사람에게도 분명 그럴 만한 배경이 있을 텐데도 그 사정을 들어 볼 생각은 하지 않고 비난의 불화살을 연달아 쏘아 댄다.

아들딸에게 목소리를 높일 때가 생긴다. 나의 한바탕 '랩' 탓에 집 안 분위기가 얼음 창고로 변한다. 내 방에 들어와 머리를 움켜쥔다. 마음이 가라앉기를 기다린다. 몇 분 후 아들딸을 거실로 부른다. 집 안 분위기 망친 점을 사과한다. 아빠가 왜 그랬는지를 설명한다.

'화가 치솟을 때 어떻게 하면 마음을 빨리 가라앉힐 수 있을까'를 고민해 본다. 숫자를 10부터 1까지 거꾸로 세어 볼까. 우선 현장을 피하는 것은 어떨까. 몸을 집 밖으로 빼내어 잠시 걷는 게 내가 터득한 최선의 방법이다.

자녀 양육에 왕도는 없다. 상황에 따라 대응법은 제각각이다. 아이마다 지닌 특수성이 있기 때문이다. 상대방이 알아듣기 힘들 정도로 빠르게 말하는 래퍼보다는, 느리고 부드러운 목소리로 사람 마음을 가라앉히는 '발라드 가수'처럼 말하는 사람이 되고 싶다. 아이로부터 "우리 아빠는 래퍼야."라는 말을 듣지 않도록.

2
경청득심

갑자기 출장이 잡혔다. 월요일부터 금요일까지 5일간 회원 기관 파견 근무다. 신입 직원 세 명과 동행한다. 회원 기관인 신용보증재단은 자영업자 전문 지원 기관이다. 코로나19 영향으로 손님이 끊겨 벼랑 끝에 몰린 사장님들이 신용보증재단 사무실 앞에 줄을 선다. 폭증하는 방문 고객을 지원할 일손이 턱없이 모자라다.

월요일 아침이 밝았다. 출장 지역을 향해 차 시동을 건다. 차로 한 시간 반 정도 걸리는 거리다. 20, 30대 신입 직원들과 동행하니 마음이 설렌다. 뒷좌석에 앉은 직원이 운전 중인 내게 "주말 어떻게 보내셨습니까?"라고 묻는다.

후배 직원의 질문이 대화 물꼬를 열었다. 주말 에피소드를 서로 나눈다. 점차 대화가 무르익는다. 어색함을 깨려고 틀어 놓은 피아노 연주 음악을 배경 삼아 대화를 주고받는다. 주로 질문하며 후배들 얘기를 듣는다. 한 직원이 "공감을 잘해 주십니다."라고 말한다.

'공감'이라는 단어에 마음이 활짝 열린다. 휴직 중에 삶을 돌아보며 글을 썼다는 이야기를 꺼낸다. 후배들 입에서 '와' 감탄사가 터진다. 옆

자리 직원은 어느새 내 책 제목을 검색한다. 글을 쓰며 몇 가지 태도가 달라졌다. 깊게 생각하고 다른 사람 말을 차분히 듣게 된 점이다. 사람 생각과 마음에 관심이 생기면서 파생된 변화다.

후배들 말에 귀 기울이고 내 이야기를 담담히 나누다 보니 차 안이 분위기 좋은 카페로 변한다. 오고 가는 대화에 시간 가는 줄 모른다. 내비게이션이 어느새 목적지에 도착했음을 알린다.

감성 지능(EQ) 개념으로 유명한 대니얼 골먼은 "관계를 발전시키는 데 가장 중요한 기술은 '듣기'이다. 듣기는 질문을 통해 상대방의 이야기를 끌어내는 것을 뜻한다."라고 말한다. 좋은 질문은 상대의 닫힌 말문을 연다. 어떤 질문이 좋은 질문일까.

사회심리학자인 에드거 셰인은 '겸손한 질문'의 중요성을 강조한다. 상대방에 대해 잘 모른다는 자세로 호기심과 관심을 기울이며 질문하는 태도가 관계를 맺는 데 중요하다는 것이다. 겸손한 질문을 받은 상대가 말문을 열고 이야기를 시작하면 5분이든 20분이든 상대 말에 온전히 집중해야 한다. 잘 듣는 귀가 상대의 닫힌 마음 문을 여는 열쇠이다.

"꼰대는 질문하지 않는다."라는 말이 있다. 상사와 부하 직원이 회의하든 회식을 하든 그 자리에서 가장 높은 사람이 대화를 독점하는 게 대부분 직장의 풍토다. 부하 직원은 상사의 썰렁한 말에도 웃어 준다. 부하 직원이 정말 재밌어하는 줄 알고 상사의 이야기는 한없이 길어진다. 상사는 자기 말이 재밌어서 직원들이 웃는 게 아니라는 걸 알아야 한다. 부하 직원의 '거짓 리액션'에 속아 혼자 흥에 겨워 춤을 추다가는 바보 되는 건 시간문제다.

회원 기관 사무실에 들어간다. 직원들과 인사하고 한 주 동안 해야할 일을 지점장에게 듣는다. 비상 상황이다. 사무실 바닥 여기저기에 밀린 서류가 탑을 쌓고 있다. 쉴 틈이 없다. 팔을 걷어붙인다.

화요일 아침이다. 업무 시간 30분 전부터 고객이 사무실 앞에 몰린다. 사무실 문을 개방하자마자 밀려드는 고객들로 금세 북새통을 이룬다. 고객에게 상담 서류를 나눠 주고 작성 방법을 안내한다. 대기석을 돌며 설명하다가 나를 붙잡고 하소연하는 고객을 만난다. '인생 궁지'에 몰린 고객 처지에 감정을 이입하고 고객이 하는 말을 묵묵히 듣는다. 사업하며 겪은 어려움을 쏟아 낸다. 고개를 끄덕이며 듣는 내게 자신이 살아온 인생 스토리를 한바탕 풀어낸다.

고객에게 들은 안타까운 사연이다. 두 달 전 프랜차이즈 편의점을 개업했다. 퇴직금을 편의점에 쏟아부었다. 직원을 채용하고 사업 의지를 불태운다. 인생사 한 치 앞도 내다볼 수 없다. 코로나라는 강적을 만났다. 설상가상으로 확진자가 편의점에 다녀갔다. 그것도 세 명씩이나. 시청에서 확진자가 다녀간 편의점이라고 시민에게 안내 문자를 보냈다. 세 번의 문자가 시민에게 전달된다. 그 후 손님이 편의점에 발을 끊는다.

편의점 사장님이 상담 도중에 망연자실한다. 매출이 거의 없는 상황에서 임차금, 직원 월급 등 고정 비용을 어떻게 감당해야 할지 답이 안 보인다는 것이다. "남은 인생을 걸고 시작한 편의점입니다. 이대로 포기할 수 없어요."라며 긴급 지원을 호소한다. 상황 설명을 충분히 들은 지점장이 고개를 끄덕인다. 최선 다해 신속하게 진행하겠다는 말을 전한다. 나이 지긋한 편의점 대표가 허리를 90도로 굽히고 사무실을 나선다. 눈빛에 절박함이 흐른다.

일본 대작가인 무라카미 하루키가 쓴 『직업으로서의 소설가』라는 책을 흥미롭게 읽었다. 40년 가까이 소설을 쓰고 있는 작가답게 소설에 대한 자기만의 깊은 생각을 책에 담았다. 하지만 내가 감명받은 부분은 소설에 관한 내용이 아니라 무라카미 하루키가 가와이 하야오 선생과 나눈 대화 장면이다.

무라카미 하루키가 가와이 선생을 처음 만났을 때 가와이 선생은 한 곳만 멍하니 바라본다. 아무 말 없이 지긋이 상대방 말을 듣는다. 가끔 맞장구를 치고는 다시 무언가 생각하는 눈으로 돌아간다. 다음 날 가와이 선생을 만났을 때 무라카미 하루키는 깜짝 놀란다. 가와이 선생이 전날과는 완전히 다른 모습이었기 때문이다. 큰 소리로 말하고 웃는 적극적인 가와이 선생의 모습에 당황한다.

무라카미 하루키는 깨닫는다. 가와이 선생이 자신을 처음 만났을 때 상대방 얘기를 경청하며 상대 존재를 있는 그대로 느끼고 수용하려고 수동 자세를 취했다는 것을. 무라카미 하루키는 이후 가와이 선생처럼 자신 말을 흡수하고 공감하는 사람을 만나지 못했다고 한다. 가와이 선생이 자신에게 보여 준 경청을 통한 격려의 감촉은 평생 잊지 못할 기쁨과 감동을 남겼다고 말한다.

'인생 궁지'에 몰린 사람에게는 말이 필요 없다. 말없이 옆에서 손잡아 줘야 한다. 경청하는 의사에게 환자가 마음을 열고 자신의 치부를 드러내듯, 힘든 상황에 아파하는 사람의 입이 열리고 마음 문이 열릴 때까지 기다려야 한다. 중간에 말을 끊지 않고 끝까지 들어야 하는 어려운 미션에 성공해야 한다.

그들은 들어 줄 사람이 필요하다. 상대 말에 고개를 끄덕이고 눈빛을 마주치는 것만으로도 그들은 위로받는다. '경청'은 상대방의 딱딱해진 마음을 풀어주고 낙망을 '희망'으로 바꾸는 힘이 있기 때문이다.

오전 근무를 마치고 점심시간에 은행나무 가로수길을 걸었다. 가로수길에 내리쬐는 햇살처럼 먹구름 낀 세상에 따스한 햇살 한 줄기가 스며들기를 소원한다. 사무실로 돌아오는 길에 문득 '경청득심(敬聽得心)'이라는 한자 성어가 떠오른다. '다른 사람의 말을 잘 들으면 그 사람의 마음을 얻는다.'라는 말이 오늘따라 가슴 깊숙이 밀려 들어온다.

③

오해를 풀고 정을 나누다

살면서 황당한 일은 누구나 겪는다. 예상 못 한 상황에 이러지도 저러지도 못하고 멍해질 때가 생긴다. 곤란한 상황에 빠져 도움을 요청했다가 오히려 그 사람과 오해가 생겨 일이 꼬일 뻔할 때가 생각난다.

휴직 중 어느 날 아침이었다. 세수하고 물을 빼려고 세면대 아래 버튼을 눌렀다. 버튼이 올라오지 않는다. 마음이 급해져 다시 시도한다. 여전히 버튼이 꼼짝하지 않는다. 버튼이 고장나 세면대 물을 내려보낼 수가 없다. 비누 거품 범벅인 물이 세면대를 흘러넘친다. 세수를 제대로 끝내지 못한 채 수건으로 얼굴을 닦는다. 도움을 받을 수 있을지 문의하려고 아파트 시설과에 전화한다.

"안녕하세요. 세면대 부품이 고장 난 것 같아요. 잠시 와 주실 수 있나요?"
"부품을 먼저 사 오세요. 그럼 가겠습니다."
"세면대에 물이 가득해서 부품이 보이지 않네요. 어떤 부품을 사야

할지 알려 주시겠어요?"

"물 빼는 건 선생님이 하셔야죠!"

'문과라서 미안해.'라는 말이 있다. 나는 전형적인 '문과'다. 기계에 대해 문외한이고 손으로 고치는 건 자신이 없다. 뭐가 고장 나면 무서워 손댈 엄두가 안 난다. 나와는 달리 아내는 겁 없이 척척 고친다. 손재주가 뛰어난 아내는 손으로 고치는 건 무엇이든 잘한다. 아내를 맥가이버에 빗대어 '이가이버'라고 부르는 이유다.

아내가 집에 무슨 일 생기면 시설과에 문의하라고 했던 말이 생각나 전화했다가, 아침부터 얼굴에 열이 올라왔다. 내가 원한 건 시설과 직원이 방문해서 상태를 보고 도움을 줄 수 있는지 또는 어떤 부품을 사 와야 하는지 알려 달라는 것이다. 시설과 직원은 세면대 물을 빼러 와 달라고 말한 것으로 오해했나 보다. 내 말을 중간에 끊고 규정상 자신의 일이 아니라며 목소리 톤을 높이는 직원에게 나도 모르게 순간 목소리가 커졌다.

"부품을 사 오면 방문한다더니 규정상 못 하시겠다는 겁니까?"

"아이고, 됐습니다. 일단 갈게요."

직원의 불쾌한 반응이 내 감정을 건드렸다. 심장이 빠르게 박동한다. 경비실로 달려간다. 마침 휴식 시간이다. 경비실 문이 잠겨 있다. 경비실 문에 붙어 있는 관리 사무소 전화번호가 눈에 띈다. 관리 사무소 전화번호를 급히 누른다. 다른 시설과 직원이 전화를 받는다.

"관리소장님 계시나요?"

"무슨 일이시죠?"

전화기를 오른쪽 귀에 대고 상황을 말하려는 찰나에 누군가 내 앞을 지나간다. 조금 전 통화한 시설과 직원임을 직감했다. 관리소장에게 전화해 홧김에 따지려던 마음을 멈추고 전화를 끊는다. 시설과 직원과 엘리베이터를 타고 집으로 올라가는 사이에 침묵이 흐른다. 4층을 올라가는데 20층 올라가는 듯 시간이 길게 느껴진다. 집으로 들어가 욕실을 손으로 안내하며 입을 연다.

"상태 한번 보시죠. 수리하기 힘드시면 업체 불러 해결하겠습니다."

"고장 난 부분이 생각과 다르네요. 새 부품이 필요합니다."

직원이 건네준 부품을 들고 아파트 인근 철물점에 도착한다. 가게에 사람이 안 보인다. 가게 창문에 붙은 연락처로 전화하니 주인이 식사 중이라며 10분 후에 다시 오라고 말한다.

집으로 돌아가려다가 우유가 떨어진 게 생각나 마트에 들른다. 우유를 사면서 따뜻한 캔 커피 두 개와 초코파이 한 상자를 장바구니에 담는다. 집으로 돌아가 시설과 직원에게 식탁 의자에 앉도록 권한다. 캔 커피를 건네며 누그러진 목소리로 말한다.

"선생님, 목소리 높여 죄송합니다."

"아닙니다. 제가 오해를 했네요."

거실 장식장에 놓여 위용을 뽐내는 탁구 대회 우승 트로피 세 개를
보더니, 직원이 "탁구 하시나 봐요?"라고 묻는다. 자신은 테니스 동호
인이라며 한참 동안 운동 이야기를 쏟아 낸다. 상대방과 운동이라는
통하는 화제가 생기니 어색한 기운이 걷어진다. 대화가 술술 풀리기
시작한다.

탁구 대회 우승 이야기, 테니스를 시작한 계기 등의 이야기를 주고
받는 동안 꼬인 전화 통화 때문에 무거워진 마음이 가벼워진다. 운동
좋아하는 사람은 운동 이야기를 몇 시간 동안 나눠도 질리지 않는다.
몇 시간 전화로 통화하고 자세한 이야기는 만나서 나누자는 사람들
의 상황과 비슷하다. 10분이 10초처럼 느껴질 만큼 대화가 즐겁다.
철물점 주인이 나와 직원에게 오해를 풀 시간을 선물했다. 다시 철물
점에 가서 부품을 사 온다. 캔 커피를 함께 마시며 마음 문이 활짝 열
린 직원은 고장 난 세면대를 정성껏 수리한다.

"다 됐습니다. 확인해 보세요."
"물이 잘 빠지네요. 고맙습니다."

현관문을 나서는 직원을 따라 나간다. 엘리베이터 문이 열리고 직원
이 탄다. 엘리베이터 문이 닫히기 전 "근무하시다가 단 게 필요할 때 드
세요."라며 초코파이 한 상자를 건넨다. "괜찮습니다."라고 손을 젓는 직
원 손에 초코파이를 전한다. 직원 얼굴에 미소가 번진다.

아파트 주민과 관리 사무소 직원은 같은 공동체 구성원이다. 한배를 탄 동지와 같다. 서로 입장을 존중하고 배려해야 한다. 사소한 부분으로 얼굴 붉히고 목소리를 높이면 오가며 마주칠 때 껄끄러워 피하게 된다.

소통 전문가인 곽유진은 『슬기로운 소통생활』에서 "나의 감정과 생각을 스스로 인정하는 일이 선행돼야 다른 사람에게 자신의 감정과 생각을 나눌 수 있는 용기가 생깁니다."라고 말한다. 마트에서 쇼핑하며 '왜 화가 났는지' 내 감정과 생각이 보였다. 시설과 직원과 꼬인 상황을 풀고 싶은 마음이 올라와 캔 커피를 장바구니에 담았다. 더불어 초코파이까지.

불편한 상대에게 캔 커피를 건네는 데 용기가 필요했다. 한 걸음 다가선 나의 마음을 받아 준 직원에게 고맙다. 대화 통해 오해를 풀고 정(情)을 나누니 용광로처럼 부글부글 끓던 마음이 차분해진다. 한바탕 폭풍우가 몰아치고 고요해진 바다처럼.

4

탁구 친구

아들이 태어났을 때 '아들과 탁구 친구가 돼야지.'라고 마음먹었다. 아들이 크면 탁구 레슨을 받도록 권해야겠다고 생각했다. 마침내 육아휴직이라는 적기가 찾아왔다. 아빠 휴직 중에 아들이 탁구 레슨을 시작했다.

아들이 레슨을 마치면 연습을 도왔다. 아들에게 30분 동안 탁구공을 뿌려 주었다. 탁구 연습이 끝나면 아들은 곧장 태권도장에 가야 한다. 운동하고 싶은 마음을 꾹 참고 아들과 탁구장을 빠져나왔다. 그렇게 몇 달이 지났다.

어느 날 탁구장에 지인이 방문했다. 그날은 아들 연습을 생략하고 지인과 한 시간 동안 탁구를 즐겼다. 특유의 파이팅 넘치는 목소리로 탁구장을 누볐다. 다음 날이었다. 한 여성 회원이 아들 연습을 돕고 있는 내게 다가와 "어제 운동하는 거 보니 탁구 잘 치시네요. 나와서 같이 운동할래요?"라고 말한다.

탁구장에서 운동하는 분들은 주로 공무원이나 연구원으로 은퇴한 남성 또는 장성한 자녀가 있는 50대 여성 회원이다. 여성 회원이 내게 같이 운동하자고 말한 날 이후, 평소보다 탁구장에 일찍 방문했다. 탁구장 회원들과 어우러져 복식, 단식 게임을 즐기며 기분 좋은 땀을 흘렸다.

회원들을 둘러보니 한 남성 회원이 눈에 띈다. 60대에 들어선 나이에도 동작이 유연하다. 드라이브 기술이 선수처럼 자연스럽다. 그 회원과 탁구 치는 시간이 늘면서 '탁구 친구'가 되었다. 만나면 30분 연습하고 30분 게임을 한다. 왕년의 양영자 현정화 팀처럼 '탁구 친구'이자 환상의 복식조로 거듭난다.

탁구 생활 체육계에 잔뼈가 굵은 여성 복식조가 우리를 볼 때마다 도전한다. 탁구에 임하는 그분들의 진지한 표정과 자세에 나도 최선을 다한다. 공 하나하나에 신중한 플레이를 펼쳐 매번 게임이 흥미진진하다. 이리저리 뛰어다니며 땀 흘리니 무겁던 몸과 마음이 가벼워진다. 게임을 마치고 '탁구 친구'가 "오늘 저녁 함께 어때? 아들도 같이."라고 말한다.

갑작스럽게 저녁을 밖에서 먹는다. 옷을 갈아입고 닭갈빗집으로 자리를 옮긴다. 맛있는 음식 덕분에 입이 열리니 마음이 열린다. '탁구 친구'가 말문을 연다.

"양 선생이 도와줘서 탁구 많이 늘었어. 고마워."
"별말씀을요. 운동신경과 체력이 워낙 좋으세요."

직장을 쉬고 집에서 지내다 보니 누군가와 밖에서 식사하는 일이 이벤트처럼 느껴진다. 집에서 때우듯 식사할 때가 많아 집 밖에서 먹는 국밥 한 그릇에도 감격한다. 식사를 마치고 닭갈빗집을 나오니 비가 내린다. 우산을 쓴 채 아들과 손잡고 집으로 돌아온다. '탁구 친구'가 챙겨 준 저녁 한 끼에 왠지 마음이 먹먹해진다.

오늘은 특별한 날이다. 1년 중 며칠 안 되는 혼자만의 시간을 누리는 날이기 때문이다. 설 명절을 앞두고 어젯밤 아내와 아들딸이 고향행 버스에 몸을 실었다. 글 쓸 일이 생겨 나는 내일 새벽에 뒤따라간다.

글을 쓰느라 점심도 거른 채 몇 시간째 노트북을 바라본다. 시계를 보니 오후 세 시다. 배에서 꼬르륵 소리가 들린다. 간단히 음식을 챙겨 먹고 다시 글에 집중한다. 오후 다섯 시가 돼서야 기고할 글을 마무리한다.

혼자 있을 때 밀린 운동을 원 없이 하고 싶은 마음이 올라온다. 탁구 가방을 챙겨 자전거에 올라탄다. 탁구장에 들어선다. 탁구장은 나의 활력 충전소다. 하얀 공 튀기는 소리를 들으면 마음이 편안해지고 머리가 맑아진다. 실타래처럼 꼬인 생각이 단순해진다.

평소 함께 운동하는 탁구장 회원들과 복식 게임을 즐긴다. 세 팀이 복식 파트너를 바꿔 가며 호흡을 맞춘다. 공격이 실패하든 성공하든 상관없다. 공이 이쪽저쪽 왔다 갔다 할 때마다 '까르르' 한바탕 웃음이 탁구장을 가득 채운다. 땀 흘리며 운동한 지 두 시간이 흐른다. 오늘 복식 리그전에서 우승한 '탁구 친구'가 "제가 저녁 식사 자리로 모시겠습니다."라고 선언한다. 여기저기서 박수가 쏟아진다.

설 명절 전날인데도 문을 연 식당이 즐비하다. 회덮밥으로 메뉴를

정한다. 음식이 나오기 전에 주변 이야기를 나눈다. 세상 참 좁다. 대화를 나누다 보니 한 남성 회원이 두 여성 회원의 중학교 1년 후배다. 분위기가 학교 동문을 만나 반가우면서도 애매해진다. 옆에서 보는 사람들은 "1년 선배가 제일 무서운 거야. 앞으로 깍듯이 모셔."라고 말하며 웃기 바쁘다. 음식이 식탁에 자리 잡는다.

식사를 마치자 중학교 선배님으로 밝혀진 한 여성 회원이 "우리 차 한잔해요."라며 분위기를 살린다. 식당 근처 카페로 이동한다. 곰 인형으로 장식된 카페가 동화 나라처럼 예쁘다. 장소가 바뀌면 대화 내용도 달라진다. 탁구장에서 나누기 힘든 깊은 얘기가 오간다. 몇 분이 운동을 열심히 하는 이유를 말한다. '암 투병 후 처진 몸을 추스르기 위해', '우울한 기분을 떨쳐 내려고', '직장 스트레스를 해소하려고' 등 운동하는 목적이 사람마다 다양하다. 커피 한잔 함께 마시며 몰랐던 서로를 알아간다. 아는 만큼 상대방을 이해하는 폭이 넓어진다.

건강을 유지하는 데 운동만큼 좋은 건 없다. 활짝 웃으며 즐기는 운동 생활은 불로초보다 건강에 유익하다. 마음 통하는 분들과 함께 한 저녁 식사, 티타임이 '명절 전야제'가 되었다. 카페를 나와 "선배님들과 함께 운동함이 기쁨입니다. 행복한 명절 보내세요."라며 회원들에게 고개를 숙인다.

복직하고 처음 맞은 휴가다. 휴가는 직장인에게 월급 다음으로 달콤한 단어다. 복직해서 적응하느라 애쓴 내게 상을 주고 싶다. 내가 좋아하는 일을 하고 싶다. 몇 달 만에 탁구장 나들이에 나선다. 휴직 중에 사귄 '탁구 친구'와 재회한다.

두 시간 동안 물 만난 물고기처럼 탁구장을 휘젓는다. 에너지를 마음껏 쏟아 내니 살아 있음을 느낀다. 운동을 마치고 탁구 친구에게 "점심 같이하시죠." 하고 권한다. 순두부찌개 전문점으로 이동한다. 나와 탁구 친구 관계처럼 담백한 맛이 일품이다. 탁구 친구는 나보다 열다섯 살 연상이다. 시중은행 임원 출신이다. 나이, 커리어를 떠나 우리는 탁구로 인연 맺은 '탁 프렌드'이다. 마음과 우정을 나누면 나이를 초월해 친구가 된다.

식사 후 카페로 이동한다. 탁구 친구가 내게, 복귀한 직장 생활이 어떤지 묻는다. 나는 1년 휴직하는 동안 후배들이 내 위 직급으로 승진한 일, 수십 명의 신입 직원이 입사한 이야기 등 직장 돌아가는 상황을 말한다. 탁구 친구는 수십 년 동안 직장 생활을 하며 산전수전 다 겪은 베테랑이다. 묵묵히 내 이야기를 귀담아듣더니 한마디 던진다.

"길게 보고 가."

선배님은 직장에서 엎치락뒤치락하는 경우를 수도 없이 봤다고 한다. '길게 보고' 묵묵히 자기 길을 가다 보면 좋은 날이 찾아온다고 힘주어 말한다. 집으로 돌아오는 길에 "길게 보고 가."라는 말이 귓가에 맴돈다. '탁구 친구'가 전해 준 진중한 한마디가, 묵직한 드라이브가 걸린 탁구공처럼 내게 큰 힘이 되었다.

⑤
참는 게 능사인가

"참는 게 미덕이다."라는 말이 있다. 직장, 운동 동호회, 도서관 같은 공공장소에서 마음에 안 드는 사람, 내게 불편 끼치는 사람을 만나기 일쑤다. 하지만 속마음을 말로 꺼내기 쉽지 않다. 긁어 부스럼 내어 관계가 상하고, 지내기가 더 불편해질까 두렵기 때문이다.

도서관 신문 코너에 동그란 탁자가 놓여 있다. 네 사람이 앉아 편히 신문 보도록 도서관에서 배려한 흔적이다. 도서관에서 신문 보는 생활을 몇 년째 지속하다 보니 신경이 거슬리는 사람들이 눈에 띈다. '큰 소리를 내며 신문을 넘기는 사람', '신문을 넘길 때마다 침을 뱉는 사람', '휴대폰을 벨 소리로 설정해 놓은 사람', '전화를 스피커폰 상태로 한 채 통화하며 밖으로 나가는 사람', '도서관 직원에게 목청 높여 따지는 사람' 등 가지각색이다.

나는 책을 읽거나 신문을 볼 때 유독 집중한다. 의미 있는 일에 몰입할 때 방해받는 걸 극도로 꺼린다. 어느 날 신문 코너에 붙은 쪽지를 발견했다.

"신문 넘길 때 침 뱉거나 큰 소리로 넘기지 마세요. 다른 사람 배려 부탁합니다."

무더운 날에 얼음 띄운 냉수를 마신 듯 속이 시원했다. 쪽지에서 지 칭하는 사람이 누군지 알지만, 나는 차마 말은 못 하고 속앓이하고 있었기 때문이다. 어느 날 저녁에 도서관을 방문했다. 저녁에는 신문 코너에 사람이 없어 차분히 신문에 몰입할 생각이었다.

신문 코너를 보는 순간 얼굴이 굳었다. 평소 침 뱉으며 신문 보는 '그 사람'이 탁자에 신문을 펼친 채 서서 신문을 보고 있었다. 피하고 싶은 사람과 마주하려니 마음이 불편해진다. 신문을 집어 들고 둥근 탁자 한쪽에 자리 잡는다. 옆 사람을 생각해서 신문을 오므린다.

신문을 보다가 깜짝 놀란다. 서서 신문을 보던 그 사람의 휴대폰이 울린다. 평소처럼 '벨 소리'다. 저쪽에서 공부하던 사람들 시선이 일제 히 신문 코너로 쏠린다. 고개가 숙여진다. 그 사람은 도서관 밖에 나 가 전화를 받지 않고 평소처럼 걸어가면서 통화한다. 그것도 스피커 폰으로.

할 말을 잃는다. 언쟁이 일어날까 봐 불편함을 입 밖으로 꺼내지 못 한다. 전화를 마친 그 사람이 다시 신문 코너로 돌아온다. 신문을 대 문짝보다 넓게 펴서 본다. 옆에서 신문 보는 두 사람은 아랑곳하지 않 는다. 신문 한 장 두 장 넘길 때마다 있는 힘껏 넘긴다. 조용한 도서 관에 '촤악 촤악' 신문 넘어가는 소리가 울려 퍼진다. 공무원 시험, 자 격증 시험 등 저마다 중요한 일에 집중하고 있는 사람들이 단체로 무 시되는 듯하다. 허벅지를 꼬집으며 참고 또 참다가 마침내 한마디를 꺼낸다.

"신문 좀 조용히 넘기시면 안 될까요?"

10년 전, 지금 사는 아파트로 이사했다. 지상 주차장, 지하 1층과 2층 주차장이 갖춰져 주차 공간이 넉넉했다. 지하 2층 주차장은 항상 주차 공간이 남았다. 하지만 언젠가부터 입주자 차량이 늘어나면서 주차 공간이 부족해졌다.

퇴근하고 주차하는 데 신경이 쓰인다. 지하 주차장 입구를 막고 있는 차, 장애인 주차 공간 앞에 놓인 차, 보도블록에 바퀴를 걸친 차 등 '불량 주차' 차들이 눈에 거슬린다. 불량 주차 차량 때문에 운전하기가 불편하지만 이웃 사이에 시비 걸리지 않으려고 못 본 척 지나쳤다.

비가 쏟아지는 늦은 밤이었다. 지하 2층까지 내려가도 주차 공간이 보이지 않는다. 다시 지상으로 올라와 주차장을 둘러보다가 비어 있는 한 곳을 발견했다. 하지만 차 한 대가 불량 주차 상태다. 주차하면 안 되는 곳에 버젓이 차가 놓여있다. 주차하기에 각도가 만만치 않다. 내리는 비로 앞이 선명히 보이지 않는다. 눈대중으로 주차를 시도한다. 조심스레 경비실 벽을 끼고 코너를 돈다. 그 순간이었다. '찌이익' 기분 나쁜 소리가 들린다. 불량 주차 차량을 피하는 데 신경 쓰느라 가까이 붙는 벽을 미처 보지 못했다.

산 지 얼마 안 된, '소가 타는' 나의 애마 오른쪽 허리에 깊은 상처가 생겼다. 마음이 타들어 갔다. 화가 치밀어 올랐다. 내 운전 부주의가 잘못이지만, 아무렇게나 주차한 차주가 원망스러웠다. 누구에게 하소연도 못 한 채 쓰린 속을 부여잡았다.

일주일이 지났다. 때마침 아파트 단지에 진한 빨간색 글씨로 "불량 주차를 집중 단속하겠습니다."라는 플래카드가 붙었다. 주차하려는데 마침 그 차가 지난번과 같은 곳에 불량하게 널브러져 있다. 누그러진 화가 고개를 들었다. 경비실 문을 두드렸다.

"저 차는 주차 상태가 심각한 거 같습니다. 주차 지도 부탁합니다."

직장 익명 게시판에 "호칭은 존중입니다."라는 제목의 글이 올라왔다. 사무실에서 직원을 부를 때 '누구 씨, 야, 니가' 등으로 부르지 말아 달라는 호소 글이었다. 직장은 동네 친목 모임이 아니다. 직원은 모두 계장, 과장, 차장 등 각자의 직위가 있다.

평소 부서에서 선배가 신입 직원에게 '누구 씨'라고 부를 때마다 신경이 쓰였다. 무심코 하는 말이겠지만 신입 직원은 존중받지 못한다고 느낄 것이 분명했다. "공감합니다.", "큰 소리로 직원을 함부로 부르는 사람이 정말 싫습니다.", "부서장은 자신이 일반 직원이었던 시절을 기억해야 합니다." 등 게시글 밑에 댓글이 달리기 시작한다.

감사실에서 사내 '갑질 업무'를 주관한다. 갑질 업무를 담당하는 후배와 함께 '직장 내 갑질 예방 연간 계획서'를 회장에게 보고하는 날이었다. 보고를 마치자 회장이 평소 하고 싶은 말이 있냐고 묻는다. 주저하다가 입을 뗀다. "얼마 전 게시판에 글이 올라왔습니다. 간부 회의 때 직원 호칭 관련해서 한 말씀 부탁드립니다." 회장이 민원 사항을 흔쾌히 접수한다.

'계속 참다가는 화병 생기겠다, 우울증 걸리겠다.'라는 게 요즘 드는 생각이다. 도서관에서 배려심 없는 사람에게 한마디 했다. 아파트 단지에서 반복적으로 불량 주차하는 차주에 대해 경비실에 주차 지도를 부탁했다. 직장에서 적절한 호칭을 사용하지 않고 무시하듯 직원을 대하는 사람들에 대한 민원을 회장에게 보고했다.

총대 메고 나서는 걸 좋아하는 사람은 없다. 내가 나선다고 세상이 한 번에 아름답게 변하지 않음을 안다. 하지만 불편함을 털어놓으면 상대가 전보다는 조심하려고 노력하는 걸 느낀다. 큰마음 먹고 꺼낸 한마디로 주변 사람이 조금은 편하게 생활할 수 있기를 바란다. 참는 게 꼭 능사는 아니다.

6

부부도 데이트가 필요하다

당신의 '로망'은 무엇인가. 로망은 프랑스어로 '실현하고 싶은 소망이나 이상'을 뜻한다. 아내의 로망은 소박하다. 아들딸이 학교 간 사이에 오전 시간을 홀로 보내는 것이다. 마침내 아내가 로망을 이루었다. 코로나19가 발생한 지 몇 달 만에 아들딸이 동시에 대면 등교한 덕분이다. 아내가 오전 시간을 혼자 보내며 하루를 살아갈 힘을 비축한다.

직장에 하루 휴가를 냈다. 아내에게 '나홀로 집에'를 선물하려고 오전 시간을 도서관에서 보낸다. 점심시간이 가까워져 귀가한다. 집에 아내와 나 둘뿐이다. 아내를 뒤에서 살포시 안으며 "나의 파트너."라고 말한다. 아내가 "나의 데스티니." 하며 화답한다.

학교에서 돌아온 아이들이 빈집을 보고 놀라지 않도록 거실에 놓인 하얀 칠판에 "태은 태희야, 엄마 아빠 데이트하고 올게요."라고 메모를 남긴다. 오전 11시에 대전에서 가장 유명한 닭갈비 맛집으로 차를 몬다. 점심시간 전이라 식당 자리가 한산하다. 아내와 단둘이 밖에서 식사하는 게 얼마 만인지 모르겠다. 닭갈비 2인분과 볶음밥으로 포만감을 누린다.

점심 식사를 마치고 집에 돌아오니 딸아이가 현관 앞에서 우리를 맞아 준다. 잠시 후 아들이 학교에서 돌아온다. 아빠가 아들딸 영어책 읽기를 도와준다. 아내가 아이들 수학 학습을 챙긴다. 아이들 공부를 잠시 봐주고 엄마 아빠는 다시 단둘이 데이트를 떠난다.

집 근처에 '한밭수목원'이 있다. 주말이나 공휴일이 되면 주차할 곳이 없을 정도로 사람이 몰리는 명소다. 아내와 한 걸음 두 걸음 수목원을 향해 걷는다. 가로수 단풍을 올려다보고 떨어진 잎을 내려다본다. 수목원 내 2층에 있는 카페에 들어선다. 따뜻한 아메리카노 두 잔을 주문한다. 나는 시집, 아내는 에세이를 가방에서 꺼낸다. 커피를 한 모금 넘기니 따뜻함이 목을 타고 온몸으로 퍼진다.

책을 읽다가 바라본 창밖의 단풍잎이 우리에게 손짓한다. 책을 덮고 카페 밖으로 나온다. 한밭수목원에는 정원이 두 개다. 하나는 나무가 우거진 숲이고 다른 하나는 다양한 꽃들이 심어진 화원이다. 화원을 따라 수목원 위쪽으로 걷는다. 보라 빨강 분홍 노랑 꽃들이 자기 색을 뽐낸다. 그냥 지나치기에 꽃의 유혹이 강렬하다. 카메라 셔터를 누른다.

몇 걸음 걷다가 오른팔을 약간 벌린다. 아내 왼팔이 내 오른팔 사이에 들어온다. 아내와 팔짱을 끼고 마지막으로 걸은 게 언제인지 기억이 가물가물하다. 침묵이 흐른다. 어색해진다. 잠시 후 팔을 빼며 아내가 말한다.

"등산객 중에서 부부와 불륜을 어떻게 구분하는지 알아요?"

"......?"

"부부는 떨어져 걷고, 불륜은 손을 꼬옥 잡고 걷는대요."

웃음이 터져 나왔다. 그러고 보니 아내를 만난 후 강산이 두 번 변했다. 5년 연애 더하기 15년 결혼 생활. 지금 아내와 나는 눈을 마주쳐도 연애 시절처럼 설레지 않는다. 언젠가부터 우리는 사랑보다는 오랜 세월 동고동락한 '의리'로 산다.

수목원 이곳저곳을 눈에 담으며 걷는다. 잎의 색을 갈아입은 나무들이 정겹고, 정자가 멋스럽다. 곤충 모양의 식물이 자태를 뽐낸다. 연못 속 물고기가 가을 운동회 한다. 한 시간 동안 산책을 즐기다가 아이들 생각이 나서 집으로 발걸음을 돌린다.

복직하고 반년이 흘렀다. 1년 쉬었다가 다시 일하는 어색함을 극복하고 꿋꿋이 버틴 나. 1년 직장 생활하고 가정으로 돌아오자마자 '코로나 소용돌이'에 휘말려 고군분투하는 아내. 두 달 반 동안 학교에 못 가고 집에 머물다가 격주로 대면 등교를 시작해 갈팡질팡하는 아들딸. 지난 6개월간 고생한 가족에게 재충전이 절실한 시점이다. 쌓이고 눌린 스트레스를 제때 해소해야 시한폭탄이 터지는 걸 막을 수 있다. 부산으로 가족 여행을 떠나기로 마음먹는다. 여행 일정을 짜고 숙소를 예약했다.

일본을 관통해 세력이 약해진 채 동쪽으로 빠져나간다던 태풍 '하이선'이 대한민국 내륙으로 방향을 틀었다는 뉴스가 들려온다. 하필 여행 목적지인 부산으로 상륙한다는 소식이다. 태풍 경로에 촉각을 세웠다. 태풍 바람이 강해 일부 열차 운행을 중단한다는 기사가 온라인 뉴스에 뜬다. 코레일 고객센터에 전화를 걸었다.

"오전 아홉 시 사십 분에 대전역에서 부산역 향하는 KTX 열차 운행하나요?"
"네 고객님, 그 열차 편은 정상 운행 합니다."

가슴을 쓸어내리며 '전화 끊음' 버튼을 눌렀다. 비 내리는 아침에 여행 가방을 메고 우산을 쓴 우리 가족은 집 앞에서 택시를 타고 대전역에 도착했다.

여행 가기 전날 밤 아들딸이 잠을 설쳤다. 처음 가는 부산 여행에 들뜬 탓이다. 평소 늦잠 자는 아들이 아침 여섯 시 반에 일어났다. 딸아이도 곧이어 잠에서 깼다. 잠 못 이룰 정도로 고대하던 여행이 태풍으로 취소됐다면 아이들 낙심이 얼마나 컸을까. 무사히 KTX에 몸을 싣고서 나도 모르게 안도의 한숨을 내쉬었다.

가족석에 앉아 창밖을 바라보다가 앞에 앉은 아내와 눈이 마주친다. 마침내 여행을 시작한 안도감과 기쁨이 입가에 번진다. 부산역에 곧 도착한다는 안내 방송이 들린다. 부산역에 첫발을 내딛자마자 딸아이가 배고프다고 팔을 잡아당긴다. 부산역 푸드코트에 들어가 자장면, 짬뽕, 탕수육으로 배를 채운다.

택시를 타고 숙소로 이동한다. 부산 웨스틴조선호텔. 해운대 해변 맨 끝에 자리 잡은 호텔이다. 호텔 뒤편에는 가요 노랫말에 등장하는

'동백섬'이 자태를 뽐낸다. 7년 전 국제회의가 이 호텔에서 개최됐다. 아시아 16개 신용보증 기관이 모이는 회의였다. 기관장을 수행하며 4박 5일간 머문 '웨스틴조선호텔'이 눈앞에 들어온다. 오래전 기억과 느낌이 되살아난다.

들떠 소리 지르는 아이들 장단에 맞추느라 서둘러 짐을 정리하고 해운대 해변으로 뛰어나간다. 갈매기가 날아와 소리를 낸다. "애썼어요! 잘했어요!"라고 말하는 것 같다. 아들딸이 파도와 '나 잡아 봐라' 술래잡기 놀이 하느라 여념이 없다. 다가오는 파도를 피하고 물러가는 파도를 쫓느라 '까르르' 웃음이 끊이지 않는다.

태풍 '하이선'이 지나간 지 몇 시간이 지났지만 강풍 숨결이 잦아들지 않는다. 한 시간 넘게 센 바닷바람을 맞으니 머리가 떵하다. 숙소로 돌아가 샤워로 해변 모래를 씻어 낸다. 씻고 나온 아이들 배에서 '꼬르륵' 소리가 난다. 아내가 빵, 과자, 우유를 차려 주며 아들딸에게 양해를 구한다.

"아빠랑 커피 마시러 다녀와도 되겠니?"
"걱정 말고 다녀오세요."

아내와 둘만의 시간이다. 호텔에서 숙박객 어른 두 명에게 '애프터눈 서비스'를 무료로 제공한다. 호텔 2층 카페로 이동해 바다가 보이는 창가에 자리 잡는다. 정성스러운 다과가 나오니 아이들에게 살짝 미안하다. 창밖 바다를 바라보며 아들딸을 잠시 머릿속에서 지운다. '부부 타임'을 통해 신혼으로 돌아간다. 앉은 자리에서 일어나 아내 쪽으로 다가간다. 아내 어깨를 두 손으로 살며시 주무르며 말한다.

"지난 육 개월간 집에서 아이들 세끼 식사 챙기고 학습 돕느라 고생 많았어요."

"아니에요. 복직하고 회사 잘 다녀 줘서 내가 더 고마워요."

해운대 바다 풍경을 앞에 두고 아내와 보내는 시간이 꿀처럼 달콤하다. 아이들 학교생활, 앞으로 펼쳐 나갈 인생 계획 등 오랜만에 이야기보따리를 풀다 보니 강풍에 휘날리는 파도처럼 시간이 빠르게 흐른다.

부부도 데이트가 필요하다. 잠시 아이들과 떨어져 둘만의 시간이 필요하다. 서로에게 집중하는 데이트 시간은 부부 관계에 보약과 같다. 요즘 어떤 생각을 하며 사는지, 추구하는 인생 방향이 무엇인지 서로의 생각과 마음을 들여다봐야 한다. 혹시 '마음 감기'에 걸리지는 않았는지 살펴야 한다. 나와 함께 사는 배우자는 남은 인생의 희로애락을 함께 할 '파트너'다. 하늘이 정해 준 '데스티니'다.

⑦
나그네 인생

"마음의 준비를 하시는 게 좋겠습니다."

저녁 여덟 시경 어머니가 계시는 재활 요양 병원 수간호사의 전화를 받았다. 어머니가 최근 신장 기능 악화로 소변이 잘 안 나와 몸이 부은 상태라고 말해 준다. 사실 날이 얼마 남지 않은 것 같다며 '마음 준비'를 미리 시킨다. 어머니 죽음이 임박해 오자 마음이 흔들린다. 좀처럼 안정이 안 된다.

몇 년 전 고향 집에서 챙겨 온 어머니 사진이 든 액자를 옷장에서 꺼낸다. 건강하실 때 한복 입고 찍은 모습이다. 거실 장식장 위에 어머니 사진을 올려 두자 아들이 다가와 할머니 사진을 물끄러미 바라본다. 아들에게 할머니에 대해 말하려는 순간 말문이 막힌다. 목소리가 떨린다. 간신히 입을 뗀다.

"태은이…… 태어났을 때…… 제일 먼저 보러 온 분이…… 할머니다."

10대에 인생 낭떠러지에 매달려 있는 나의 손을 붙잡고 끝까지 놓지 않으신 어머니. "왜 절망하느냐, 너는 꽃으로 보면 아직 피지도 않은 거다."라며 나의 등을 토닥여 주신 분이다.

오전에 어머니 병원에 전화를 걸었다. 간호사가 어머니 상태를 설명하며 어머니와 영상 통화를 해 보는 게 어떠냐고 배려해 준다. '이게 마지막일 수도 있겠다.'라는 생각에 어머니와 영상으로 대화를 시도한다. 어머니 이름을 열 번 넘게 불러도 반응이 없다. 몰라보게 초췌해진 어머니 모습을 보고 있자니 속이 타들어 간다. "어머니를 위해 기도할게요."라는 말에 마침내 어머니가 "응." 하고 반응한다.

"하나님, 하나님과 교회를 사랑하고 이웃에게 베풀기를 좋아한 어머니를 기억해 주세요. 5남매 키우느라 고생하신 어머니에게 은혜를 베풀어 주세요. 천국 가시는 여정을 선하게 인도해 주세요."

기도를 마친다. 영상 통화를 연결해 준 간호사에게 "감사합니다." 하고 인사한다. 순간순간 떨리는 심정으로 여러 날을 보낸다. 휴대폰 울리는 소리에 혹시 어머니 소식일까 봐 가슴이 철렁 내려앉는다. 앨범 속 어머니 사진을 한 장씩 넘기며 어머니가 떠나는 순간을 마음으로 조금씩 준비한다.

내게 가장 큰 두려움은 '어머니의 부재'다. 어려서부터 학교를 마치고 집에 돌아오면 어머니부터 찾았다. 학교에서 있었던 일을 어머니에게 쏟아 내야 마음이 안정됐다. 어머니는 나의 말을 잘 들어 주었다. 어머니는 내 안식처였다.

작년 12월 16일 새벽 5시였다. 휴대폰 벨 소리에 잠에서 깼다. 형의 떨리는 목소리에서 직감했다. 어머니가 하늘로 떠나셨음을. 몸과 마음이 분주해진다. 영정 사진과 삼베 수의를 챙긴다. 이른 아침 어머니 장례를 치를 전주 장례문화원으로 차를 몰았다. 어머니가 안치되는 걸 확인하고 분향실로 향했다. 영정 사진 속 어머니를 한참 동안 바라보았다.

'시한부(時限附)', '어떤 일에 일정한 시간의 한계를 둠'이라는 뜻이다. 시한부 인생이 아닌 사람은 없다. 우리는 이 땅에 잠시 왔다가 떠나야 하는 나그네의 삶을 사는 중이다. 오직 한 번뿐인 인생은 바람처럼 빠르게 지나간다. 누구도 죽음을 피할 수 없다. 각자에게 정해진 '인생 시한' 테두리 안에서 하루하루를 살아간다. 태어남에는 순서가 있지만 생을 마감하는 데는 순서가 없다.

잠시 왔다 지나가는 나그네 인생인 걸 알면서도 세상 인정에 집착하고 몸부림친다. 집착과 욕심은 인생을 황폐한 사막으로 만든다. 하지만 올바른 가치 위에 '마음 반석'을 다지고 다른 사람을 돌아보는 삶은 오아시스처럼 사람을 살린다. 마치 어머니가 신앙이라는 믿음의 반석 위에서 자식과 주변 이웃을 돌본 것처럼.

코로나 확진자 수가 급증하는 추세다. 조문객 방문을 기대하지 않는다. 5남매 가족 열일곱 명이 뭉쳐 어머니를 기리기로 마음먹는다. 장례를 준비한 지 몇 시간이 지나자 화환이 복도에 줄을 선다. 사람들 발걸음 소리가 들린다. 인사 마치고 바로 가는 사람, 잠시 앉았다가 일어나는 사람, 다과만 하는 사람, 식사하는 사람 등 예상과 달리 조문객이 이어진다. 어려운 시국에 멀리서 찾아온 손님을 복도 끝까지 배웅한다. 복도 양쪽에 늘어선 화환에서 은은하게 퍼지는 국화 향기가 나의 무거운 마음을 달래 준다.

어머니는 크리스천이다. 믿음은 어머니가 내게 물려준 최고의 유산이다. 장례를 예배로 시작해 예배로 마친다. 입관 예배 전에 어머니 왼손에 내 오른손을 포갠다. 어머니의 마지막 모습을 보며 "긍정적인 믿음의 어머니 아들로 태어난 건 제 인생의 축복입니다."라고 말씀드린 후 머리를 숙인다.

어머니를 떠나보내야 하는 시간이 다가온다. 아들딸이 어머니 위패와 사진을 들고 앞장선다. 형 부부, 나와 아내가 운구차에 올라탄다. 어머니를 모실 고향 교회 공원 묘소에 도착한다.

어머니를 안장할 자리로 걸어가는 내게 "할머니 사진을 들 수 있어 행복해요."라고 아들이 작은 목소리로 말한다. 아들 말이 천금보다 귀하다. 고마워서 눈물이 날 것 같아 고개를 오른쪽으로 돌린다.

겨울 한파 속에서 장례 3일째는 날씨가 봄날처럼 따스하다. 어머니 가시는 길을 하늘이 축복해 준다. 하관식을 마친다. 가족이 돌아가며 어머니 관에 흙을 뿌린다. 모든 장례 절차에 마침표를 찍는다.

지난 6년간 병상에 누워 고생한 어머니가 천국에서 평안히 지내시리라 믿는다. '어머니 없는 세상을 어떻게 살아가나?' 걱정하며 불안에 떤 적이 있다. 이제 그 현실을 마주해야 한다. 언제 떠날지 모르는 나그네 인생을 살아가며 앞으로 맞닥뜨릴 두려움에 기대를 걸어 본다. 두려움 건너편에 축복이 기다리고 있음을 믿기에.

8

우울증에 딴지를 걸다

2020년에 100만 명이 넘었다. 100만 명 중 여성이 66%인 67만 명, 20대가 17%인 17만 명을 차지했다. 국민건강보험공단에 따르면 우울증으로 병원을 찾는 환자의 수가 매년 급증하고 있다.

우울증은 '마음 감기'로 불리는 뇌 질환이다. 뇌내 신경 전달 물질인 세로토닌 분비 저하가 원인이다. 불편한 상황, 힘들게 하는 관계 등 자신을 근심케 하는 스트레스 탓에 주로 발생한다. 우울증은 치료 가능한 의학적 질환이다. 상담, 신경정신과 치료, 항우울제 투여로 극복이 가능하다.

나그네 인생길을 동행하고 싶은 소중한 지인이 있다. 일로 만난 관계에서 서로의 꿈을 응원하는 사이로 가까워졌다. 지인은 자신의 힘듦을 표현하지 않는다. 안부를 물을 때마다 "괜찮아요. 잘 지내요."라고 대답한다.

어느 날 지인 전화를 받았다. "작가 꿈 이루신 거 축하드려요. 출간하신 책 읽었어요."라며 티타임을 요청한다. 조용한 음악이 흐르는 카페에서 지인을 만났다. 안부를 나누고 쌓인 이야기를 풀어낸다. 날 밝을 때 시작한 대화가 선홍색 노을빛이 창문에 스며들 때까지 이어진다. 대화를 마칠 무렵 지인이 충격적인 말을 터트린다.

"저는 자존감이 낮아요."

그녀는 직장에서 인재로 인정받는다. 업무 속도가 빠르고 고객을 배려하는 태도가 남다르다. 체구가 아담하고 하얀 피부에 계란형 얼굴이다. 흠잡을 데 없는 그녀가 자존감이 낮다고 고백한다.

불우한 가정 이야기를 꺼낸다. 닫힌 수도꼭지에서 물방울이 힘겹게 떨어지듯 입술을 어렵게 뗀다. 초등학생 때 아버지에게 폭력을 당했다. 머리를 심하게 맞아 뇌진탕으로 쓰러졌다. 쓰러진 딸을 아버지는 창고에 가두었다. 정신없는 상황에서도 아버지가 창고에 자물쇠를 채우는 소리가 똑똑히 들렸다고 한다.

그녀 가정은 부유했다. 하지만 아버지 사업이 무너져 가세가 급격히 기울었다. 큰 빚이 생겼다. 장녀인 그녀는 고등학생 때부터 생업 전선에 뛰어들었다. 빚을 갚기 위해 동분서주했다. 대학 시절을 분 단위로 쪼개어 생활했다. 강의를 듣다가도 화장품 판매 문의 전화를 받으면 대중교통을 이용해 고객 집을 방문했다. 학창 시절부터 경제적 가장이 되어 돈에 대한 압박감이 컸다. 학업과 일로 쉼표 없는 나날을 보냈다. 한창 공부에 집중해야 할 대학생이 감당하기엔 벅찬 삶이었다.

대학 시절에 '마음 감기'가 찾아왔다. 사회 시선을 두려워하지 않고 우울증에 직면했다. 신경정신과를 찾아 치료를 시작했다. 적극적으로 전문 상담을 받고 약물치료를 병행하며 우울증을 극복했다.

그녀가 잠시 이야기를 멈춘다. 호흡을 가다듬고 말을 이어 간다. 대학을 졸업하고 교육 회사에 취업했다. 5년 동안 휴가 하루 쓸 여유 없이 직장 일에 쫓겨 살았다. 언젠가부터 회사 상황이 심상치 않다. 사업 축소로 구조 조정이 단행됐다. 어제까지 옆자리에서 일하던 동료들이 권고사직을 당했다. 열 명이 넘는 직원들이 직장을 떠났다. 일은 남겨진 직원들에게 고스란히 몰려왔다.

밤을 새우고 주말에 출근하며 몸이 두 개인 것처럼 일해도 업무는 줄어들지 않았다. 회사 자금 사정이 좋아질 기미가 보이지 않는다. 강사 수당 지급이 몇 달째 밀리기 시작한다. 강사들과 회사 중간에 끼여 신음한다. 오지도 가지도 못하는 늪에 빠져 허덕인다.

과도한 업무 스트레스는 견딜 만했다고 한다. 하지만 강사들에게 지급되어야 할 수당이 밀린 괴로운 현실은 꿈자리까지 쫓아다녔다. 자신을 믿고 함께 일해 준 강사들 얼굴을 대하기가 두려워진다. 강의 수당을 제때 받지 못해 생계가 어려워진 그들을 마주할 자신이 없다. 결국 자기 이름으로 신용 대출을 받아 회사 대신 강사들의 밀린 수당을 해결했다.

회사가 직원들 월급도 지급하지 못할 정도로 추락한다. 몇 달째 직장 월급을 받지 못해 주말에 알바를 뛰어야 할 정도로 생계에 위협을 느낀다. 극도의 스트레스 탓일까. 어느 날 길을 가다 바닥에 주저앉는다.

머릿속이 하얘지고 실어증 환자처럼 말문이 막힌다. '이러다 죽을 수 있겠다.'라는 생각이 머리를 스친다. 다시 신경정신과 문을 두드린다.

그간 살아온 이야기를 담담히 털어 내는 그녀의 두 눈에 눈물이 흘러내린다. 해 줄 수 있는 건 화장지를 건네는 것뿐이다. 내가 쓴 책을 읽으며 나도 한때 우울증을 겪은 사실을 알고서, 오랫동안 자신의 마음에 가로질러져 있었던 빗장을 뽑았다고 한다.

서울에 사는 그녀가 몇 년 전 연말에 대전을 방문했다. 최근 며칠 간 식사를 못 했다고 한다. 새벽에 퇴근해 원룸에서 늦게까지 울다 잠이 드는 일상에 몸과 마음이 고통스러워 식욕을 잃은 것이다. 평소 나를 통해 얘기를 들은 아내가 집밥을 준비한다. 따뜻한 가정 분위기에 안색이 편안해진다. 마음이 놓이니 몸이 음식 받을 준비를 하나 보다. 며칠 만에 밥을 먹는다.

식사가 끝나고 집 근처 수목원을 산책한다. 수목원 내에 있는 카페에서 차를 마시며 한 해를 돌아본다. 이야기 중간중간 눈가가 촉촉해진다. 새해 계획을 나누며 서로가 잘 되기를 응원한다. 돌아갈 시간이다. 버스에 오르는 그녀를 향해 손을 흔든다.

어려서부터 집 빚을 떠안아 대신 갚느라 일찍 어른이 되었고 우울증이라는 난적을 만나 궁지로 몰렸던 그녀는 지금 교육 회사 대표이다. 스무 살 때부터 서른 살이 되면 창업을 하는 게 꿈이었다고 한다. 창업하고 싶은 분야의 직장에서 경험을 쌓고 대학원에서 관련 공부를 병행하며 실무와 이론으로 탄탄하게 무장했다. 10년간 성실하게 탑을 쌓아 올린 결과 마침내 꿈을 이루었다.

나는 그녀에게 책임감과 도전 정신을 배운다. 재정 상태가 어려워진 회사를 대신해 사비를 털어 강사들의 밀린 수당을 책임지고, 직장이라는 현실에 안주하지 않고 꿈을 이루기 위해 도전한 지인의 정신을 존경한다. 배움과 존경은 나이와는 상관없다. 나보다 열 살 이상 연소한 지인을 파트너로서 존중한다.

'마음이 통하다.'라는 말은 어떤 의미일까. 'Connect'라는 영어 단어는 '연결되다, 이어지다.'라는 뜻으로 '마음이 통하다.'로 번역되기도 한다. '마음이 통하다.'라는 말은 'A'가 'B'를 위하는 마음을 'B'가 느끼고 같은 마음을 'A'에게 다시 전해 주는 화학작용이라고 나만의 정의를 내려 본다.

운동은 뇌 내에서 세로토닌 분비를 촉진한다. 행복 호르몬인 세로토닌을 내 안에 가득 채워 준다. 운동처럼 우울한 마음을 떨쳐 내는 특효약이 하나 더 있다. 마음이 통하고 나를 위해 주는 사람과 만나 대화하며 편안한 한때를 보내는 것이다.

"몸은 보이는 마음이고, 마음은 보이지 않는 몸이다."라는 말이 있다. 몸과 마음 건강은 같이 챙겨야 한다. 좋지 않은 생각이 나를 위협하고 불안한 감정이 나를 극단적인 선택으로 몰아갈 때마다 기억하자. 운동과 대화가 우울증에 딴지를 걸어 넘어뜨리는 두 가지 비결이라는 것을.

4장

부모 소원은 한 가지다

①

피스메이커

나는 5남매 중 막내다. 세 명의 누나와 형이 있다. 큰누나와는 열다섯 살 차이가 난다. 나이 차가 커서 큰누나와 고향 집에서 같이 산 기억이 없다. 막내는 부모의 총애라는 무소불위의 특권을 소유한다. 어려서부터 막내 특권으로 누나들에게 종종 '땡깡'을 부렸다.

어느덧 40대 중반이다. 두 아이의 아빠다. 이제는 '땡깡' 부릴 나이와 위치가 아니다. 1년에 서너 차례 형제들과 만난다. 한 부모 통해 태어난 형제지만 오랜만에 만나면 어색하다. 때로 대화가 겨울 한파처럼 차가워지기도 한다.

어느 모임에나 대화 분위기가 평화롭게 흐르도록 이끄는 '피스메이커(peacemaker)'가 존재한다. 피스메이커의 참석 여부는 그날 모임의 분위기 흐름에 지대한 영향을 준다. 아버지 기일, 어머니 생신, 명절 등 굵직한 가족 모임이 다가오면 한 가지가 궁금하다. '큰 매형이 참석하실까?'

우리 가족의 피스메이커는 큰 매형이다. 나는 지금껏 매형이 화를 내는 모습을 본 적이 없다. 매형은 모임 때마다 대화가 밝게 흐르도록 유머와 위트를 발산한다. 매형이 모임에 함께하면 안심이 된다. 매형의 존재는 모임에 무게감을 주고 다른 가족이 여러 번 생각하고 말을 하게 만든다.

내 마음속에는 매형을 향한 감사가 자리 잡고 있다. 매형이 내게 보여 준 배려와 인내의 향기가 가슴속에 진하게 남아 있다.

대학 2학년을 마치고 서울 소재 대학으로 편입했다. 어머니가 막내아들이 서울서 혼자 어떻게 지낼지를 걱정한다. 큰누나가 분당에서 살았다. 어머니는 내게 "큰누나 집에서 학교 다니면 좋겠구나."라고 권했다. "누나 집에서 학교까지 너무 멀어요."라고 대답하며 누나 집으로 들어가는 걸 꺼렸다.

큰누나와는 가까이 지내 본 적이 없어 어색하다. 더군다나 큰누나는 말수가 적고 무뚝뚝해 나와의 성격 차이가 나이 차만큼이나 크다. 누나와 잘 지낼 자신이 없지만 어머니 마음을 편하게 해 드리려고 20대 중반에 누나 집으로 들어갔다.

편입 전 대학에서 영문학을 전공했다. 편입할 대학의 전공을 고려해 2학년 때 경영학을 복수로 전공했다. 마침내 흑석동에 있는 대학의 경영학부로 편입했다. 1학년 때부터 경영학을 전공한 학생들을 따라가기 어려웠다. 편입생이라는 열등의식이 나를 짓눌렀다.

당시 사귀었던 사람이 전주에 살았다. 유치원 교사였다. 멀리 떨어져 있어 전화 통화로 관계를 이어 갔다. 주말을 이용해 내가 전주에 내려갔다. 한 달에 한 번 만났다. "Out of sight, out of mind."라는 영어 속담이 내게 들어맞았다. 눈에 보이지 않으니 마음이 소원해졌다. 결국 헤어졌다.

편입한 대학 적응도 만만치 않은 상황에서 이성과 이별하니 세상에 혼자 남은 듯 외로웠다. 큰누나에게 마음을 터놓기 어려웠다. 점점 예민해졌다. 어느 날 누나에게 '땡깡'을 부렸다. 흔들린 감정을 추스르지 못한 채 매형에게 전화했다.

"매형, 언제 퇴근하시나요?"
"처남, 무슨 일이야?"
"누나와 다퉜어요."

평소보다 일찍 퇴근한 매형은 "처남이 많이 힘들겠다."라며 나를 위로했다. 그때 아내와 처남 사이에서 매형 마음이 어땠을까. 나이가 들수록 매형이 대단하게 느껴진다. 대학생 처남을 2년 동안 한 집에서 품어 준 넓은 가슴에 머리가 숙여진다.

한편 누나와 조카들이 서 있는 자리에서 생각해 본다. 누나는 감정을 잘 표현하지 않지만 속이 깊다. 어린 시절부터 지금까지 은근히 나를 챙겨 준다. 예민한 막내 동생 맞춰 주느라 얼마나 힘들었을까. 얼마 전 누나가 "그때는 중학생인 아이들 챙기느라 정신없던 시절이었어."라는 말을 털어놓았다. 초등학생인 아이들을 챙기는 것도 보통 일이 아니다. 두 아이의 아빠가 된 지금에서야 그 당시 누나 상황이 안개 걷힌 듯 보이기 시작한다.

조카 윤석이는 중학생이었다. 대학생인 삼촌과 좁은 방을 같이 쓰면서도 한 번도 싫은 내색을 하지 않았다. 항상 삼촌에게 "괜찮아요."

하며 사람 좋은 표정을 지었다. 중학생이던 조카는 직장인이 되었다. 천생연분을 만나 가정을 이루었다.

조카 윤정이는 어땠을까. 여자이기에 남자인 삼촌과 한집에서 지내기 불편한 점이 한둘이 아니었을 것이다. 하지만 삼촌을 향해 변함없는 미소를 보여 주었다. 지금은 도서관에서 사서로 근무하며 어엿한 직장인으로 살아간다.

몇 년 전, 판교에 사는 큰누나 집을 밤늦게 방문했다. 오랜만에 대학생 시절로 돌아간 듯하다. 매형과 누나에게 고마움을 간직하며 살아가기에 '내일 매형과 누나에게 점심을 사야지.'라고 생각하며 잠자리에 든다.

경쾌한 라디오 음악 소리가 방문 틈으로 들어온다. 은은한 커피 향기가 코를 간지럽힌다. 커튼 사이로 비추는 아침 햇살이 눈부시다. 눈을 비비며 부엌 식탁에 앉는다. 탁자에 놓인 사과, 딸기, 떡, 커피가 나를 반긴다. 매형, 누나와 담소를 나누며 선물 같은 하루를 연다.

점심은 외식이다. 조카 부부가 합류한다. 여섯 명이 식당에 자리 잡는다. 누군가와 '함께 식사함'은 의미가 크다. 약속하고 시간을 내어 같은 밥상에 마주한 상대는 나와 가까운 사람, 동행하고 싶은 사람임을 뜻하기 때문이다. 풍성한 음식에 눈이 호강한다. 입이 즐거워지니 마음이 넉넉해진다. 웃음꽃이 절로 피어난다.

매형이 '한련화'가 피어 있는 찻집을 소개한다. 꽃에 대해 궁금해져 바로 검색해 본다. '한련화'의 속명은 'Tropaeolum'. 방패를 닮은 잎과 투구를 닮은 꽃으로, 그리스어 'tropaion(트로피)'에서 유래되었다. 꽃

말은 용맹한 용사의 무기로 나라를 지킨다는 의미의 '애국심'이다.

점심 식사를 마치고 한련화가 피어 있는 전통 찻집으로 자리를 옮긴다. 꽃이 보이는 창가 자리에 앉는다. 한겨울에 활짝 피어 있는 꽃을 보니 마음이 상쾌해진다. 찻잔을 앞에 두고 이야기보따리를 푼다. 다채롭게 피어나는 이야기꽃이 창 너머로 보이는 한련화보다 예쁘게 느껴진다. "사람이 꽃보다 아름다워."라는 노래 가사처럼, 진정성 묻어나는 사람 사는 이야기는 이 세상 어느 꽃보다 아름답다.

어느덧 대전행 버스를 탈 시간이 가까워진다. 만남은 아쉬움을 남겨야 한다. 다음 만남을 기약하며 악수한다. 매형 가족에게 따뜻한 밥 한 끼로 작은 감사를 표현하니 마음 온도가 올라간다.

찻집을 나오며 마당에 피어 있는 한련화에 시선이 머문다. 대학 공부를 무사히 마치도록 나를 배려했고, 가족이 모일 때마다 분위기를 살려 주는 피스메이커 매형. 나라를 지킨다는 의미의 꽃말을 가진 한련화. 둘의 이미지가 묘하게 겹쳐 보인다.

2

인생 무게

　사람마다 느끼는 '인생 무게'가 다르다. "왕관을 쓰려는 자, 그 무게를 견뎌라."라는 말이 암시하듯 개개인이 처한 위치가 주는 중량감이 다르기 때문이다.

　야구 경기를 즐겨 본다. 1회부터 9회까지의 경기 흐름 속에서 희로애락의 인생을 느낀다. "야구는 9회 말 2아웃부터."라는 말이 있다. '끝날 때까지 끝난 게 아니다.'라는 의미다. 9회 말에 다 이겼다고 장담하다가 경기가 연장전으로 이어진 끝에 지기도 한다. 반면 지고 있는데도 포기하지 않고 마지막 순간까지 타석에서 집중력을 발휘해 역전승을 거두기도 한다.

　'4번 타자'는 1번에서 9번까지 타순 중 가장 중요한 위치다. 1번, 2번, 3번 타자가 출루하면 안타나 홈런을 날려 팀의 득점을 이끌어야 하는 자리다. 4번 타순에 배정받은 선수가 느끼는 무게감이 남다를 수밖에 없다. 가장 마지막 타순인 9번 타자는 4번 타자보다 부담감이 훨씬 덜하다. 사람들에게 큰 기대를 받지 않아 부담 없이 경기하다 보면 예상외로 좋은 결과를 얻는다.

팀의 기대치가 가장 높은 4번 타자는 압박감을 이기지 못해 만루 상황에서 삼진을 당하거나 땅볼로 아웃되는 경우가 빈번하다. 위치에 따른 책임감이 큰 만큼 역할을 제대로 수행하지 못하면 빗발처럼 날아오는 '비난 화살'의 표적이 된다. 물론 좋은 기회를 살리면 "역시 4번 타자야."라는 칭송을 듣는다.

'맏이'는 '여러 형제자매 가운데서 제일 손위인 사람'을, '막내'는 '맨 나중에 태어난 사람'을 뜻한다. '장남', '장녀'는 '차남', '차녀'와 딱 한 글자가 다를 뿐이다. 하지만 그들에게 주어지는 역할과 중압감은 상상 이상이다. 차남, 차녀, 막내 등 다른 형제가 가늠하기 어렵다.

나의 아버지는 형제 중 맏이다. 큰집의 맏이에게는 '장손', '장남'이란 수식어가 따라다닌다. 명절에 친척 집에 인사하러 가면 형보다 나이 많은 친척 형들이 "장손이니까 당연히 이것저것 해야지."라는 말을 형에게 하곤 했다. '장손'이라는 말을 들을 때마다 형 얼굴에 긴장감과 어색함이 감도는 것을 엿보았다.

나는 몰랐다. '장손', '장남'이라는 무게가 형의 어깨를 심하게 짓누르고 있다는 사실을. 형은 내가 보지 못하고 느끼지 못하는 다른 세상에 살고 있었다. 어머니를 하늘로 보내 드리는 장례를 치르면서 장남 자리의 묵직함을 느꼈다. 형이 5남매의 중심축이 되어 장례식장 선정부터 어머니 시신을 매장할지 화장할지 등 중요 사항을 형제들과 상의하고 조율한 덕분에 불협화음 하나 없이 아름다운 하모니로 모든 장례 절차를 마쳤다.

장남인 형을 만나 '며느리'라는 이름 앞에 '맏'이라는 글자가 붙은 형수. "맏며느릿감은 따로 있다."라는 말처럼 형수는 마음이 넓고 손이 크다. 형수 덕분에 나의 아들딸이 옷 걱정 없이 어린 시절을 보냈다. 누가 봐도 부러워할 만한 백화점 브랜드 옷만 입으며 호강한 아이들은 '큰엄마 찬스'를 톡톡히 누렸다. 형수는 어머니 병원을 방문할 때도 챙겨온 음식 스케일이 남달랐다. 형수가 정성껏 준비한 음식이 병원 음식에 질린 어머니 입맛을 살렸다.

태어날 때부터 맏며느리로 정해진 사람은 없다. 사실 형수는 1남 4녀 중 막내다. 집안에서 잘하든 잘못하든 무조건 사랑받는 위치다. 오빠와 언니들의 챙김만 받던 집안의 막내가 갑자기 다른 집안의 맏며느리로 옷을 갈아입었다. 새로운 위치에 적응하고 역할을 감당하느라 마음고생했을 형수를 생각하면 마음이 쓰라리다.

형수를 생각할 때 안타까운 점이 있다. 스물일곱 살에 나와 결혼한 내 아내는 '건강한' 어머니의 사랑을 10년 넘게 듬뿍 받았다. 하지만 늦게 시집온 형수는 어머니의 사랑을 충분히 느끼지 못했다. 형과 가정을 이룬 지 얼마 안 돼서 어머니가 뇌경색으로 쓰러졌기 때문이다. '병약해진' 어머니를 물심양면으로 챙기며 간병의 선봉에 섰다. 맏며느리의 위치와 역할에 충실하며 자신을 희생했다.

나는 동생으로서 형의 말을 존중하고 따른다. 가족 대소사를 진두지휘하는 형을 후방에서 지원사격 한다. 내 아내는 맏며느리인 형수를 의지하고 보좌한다. 장남인 형과 맏며느리인 형수가 감당하는 인생 무게가 조금이나마 가벼워지도록 힘을 보탠다.

가장은 한 가정을 이끌어야 한다. 삼시 세끼 먹고사는 경제적인 부분을 감당하는 건 기본이다. 아이들과 시간을 같이 보내며 친구가 되어 주어야 하고, 약한 모습을 감추고 강한 척하며 정신적 지주가 되어야 한다. 배우자에게는 언제든 기댈 수 있는 든든한 버팀목이 되어 주어야 한다. 30대 시절에 비해 40대 들어서며 느껴지는 가장의 인생 무게가 묵직해진 이유는 무엇일까.

아이들의 학년이 올라가 곧 중학교 보낼 준비를 하면서 교육 면에서 경제적인 필요가 커진다. 직장에서는 올라가야 할 상황에서 올라가지 못하고 그 자리에 오래 머물며 위치가 애매해지니, 낭떠러지에 떠밀리듯 위기감이 찾아온다. '내가 언제까지 직장에서 버틸 수 있을까.'라는 불안에 때로 숨이 멎을 것 같다. 물을 잔뜩 머금은 솜처럼 묵직한 인생 무게가 나를 엄습할 때면, 절벽 밑으로 떨어져 감당해야 할 의무에서 벗어나고 싶을 때가 불쑥 찾아온다. 언제나 내 편이 되어 주는 아내의 응원과, 보고 있어도 보고 싶은 아들딸의 존재 덕분에 나는 오늘도 출근하고 퇴근한다.

성경에 "하나님은 사람이 감당할 수 있는 만큼의 시험을 허락하신다. 막상 시험을 당할 때는 시험을 견디고 이기는 길을 열어 주신다."라고 기록되어 있다. 하나님은 사람이 감당할 만큼만의 인생 무게를 허락하신다. 사람마다 자기 위치에 따라 인생이 더 무겁게 느껴질 수는 있을지라도 삶을 포기할 정도로 감당 못 할 인생 무게는 세상에 존재하지 않는다.

사람마다 선인장을 바라보는 관점이 다르다. 어떤 사람은 가시를 바라보며 선인장이 쓸모없는 식물이라고 불평한다. 다른 사람은 선인장 가시 사이에서 피어오르는 꽃에 주목하며 아름다움과 감사를 느낀다. 인생 여정에서 '가시'를 피할 수는 없다. 나를 아프게 하고 마음 상하게 하는 가시를 어떻게 바라보고 반응하느냐에 따라 인생 색깔과 방향이 결정된다.

사람마다 처한 위치도 마찬가지다. 4번 타자, 장남, 장녀, 맏며느리, 가장 등 막중한 위치에 따른 남다른 인생 무게에 마냥 힘들어할 것인지, 그 가시 틈바구니에서 피어나는 꽃을 바라볼 것인지는 마음먹기에 달려있다. 선인장 가시에 찔려 아플지라도 참고 기다리면 가시 틈 속에서 남몰래 피어오르는 꽃을 발견할 날이 곧 찾아올 것이다.

3

축적의 힘

'축적(蓄積)'. 한자를 풀어 보면 쌓을 축(蓄), 쌓을 적(積)으로 '지식, 경험, 자금 따위를 모아서 쌓음.'이라는 뜻이다. 눈이 내리는 날을 상상해 보자. 조금 쌓인 눈은 다람쥐 같은 작은 동물이 밟아도 버티지 못하고 쉽사리 주저앉는다. 함박눈이 몇 시간 동안 쏟아진다. 눈이 쌓이고 그 위에 쌓이기를 반복한다. 축적된 눈이 영하의 낮은 온도를 견디며 사람이 밟아도 눌리지 않을 정도로 단단해진다.

초등학교 3학년부터 영어 공교육이 시작된다. 대부분 학부모는 자녀를 일찍 영어 학원에 보낸다. 어떤 부모는 유치원부터 영어 유치원을 선택한다. 왜일까. 영어 실력이 성공의 길로 가는 지름길이라고 믿기 때문이다.

아들의 영어 학습에 관심을 두지 않았다. 사실 영어뿐만이 아니었다. 아이들 학습은 아내 몫이었다. 퇴근하고도 아이들 공부 문제는 아내에게 떠넘기고 TV 보기 바빴다. 어느 날 밤 열 시였다. 아내 스트레스가 천장을 뚫을 기세다. 엄마와 학습하다가 아들 얼굴색이 홍

당무로 변한다.

아들이 초등학교 3학년이 되었다. 아들의 수업 시간표에 '영어'가 불쑥 들어온다. 아들이 영어 시간에 화장실을 자주 간다는 얘기를 아내에게 여러 차례 들었다. 어느 날 잠자리에서 아들에게 묻는다.

"영어가 부담되니?"

"네."

"영어 수업 시간 되면 불안해?"

"저한테 발표 시킬까 봐 전날부터 걱정돼요."

대화를 통해 아들이 영어 때문에 불안증이 생긴 것을 인지했다. 마음이 무거워졌다. 아들이 겪는 어려운 상황을 외면하고 방치할 수 없었다. 팔을 걷어붙인다. 아들 학습 도우미로 구원 등판 한다. 아들에게 'Yes'와 'No' 철자를 물었다. 답변을 못 한다. 갑자기 열이 올라온다. 얼굴이 달아오르고 혈압이 상승한다. 그날 밤 아들은 아빠 잔소리를 오래도록 견뎌야 했다.

아들에게 소리 지르고 잠을 뒤척였다. 아들이 학교에서 영어 수업을 따라가지 못하는 건 그동안 아이들 학습에 무관심했던 내 탓이다. 애꿎은 아들만 혼냈다는 후회가 밀려와 잠을 이루지 못했다.

딸이 초등학교에 입학하고, 아들이 4학년으로 올라갈 무렵 육아휴직을 시작했다. 휴직하자마자 본격적으로 아들 영어를 챙겼다. 직장 출근을 시작한 아내는 자연스럽게 아이들 학습에서 빠졌다. '구원 등판' 했다가 '선발투수'로 나의 포지션을 변경했다.

막상 영어를 가르치려니 어디서부터 시작해야 할지 막막했다. 고민 끝에 자녀 영어 학습에 관한 자기 계발서를 한 권 읽고서 앞으로 어떻게 지도할지 방향을 잡았다. 아내가 오래전에 구매한 영어 동화책이 책꽂이에 수백 권 꽂혀 있는 게 눈에 띄었다. 그중 레벨 1단계에서 4단계로 나눠진 영어 동화책 시리즈가 마음에 들었다. 시리즈 60권을 아이들 영어 학습용 교과서로 삼았다.

'Yes' 철자도 모르는 아들에게 무작정 영어 동화책을 읽어 준다. 하루에 한 권씩 시작한다. 1권에서 60권, 마지막 권까지 세 번 네 번 왕복 달리기를 반복한다. 몇 달이 지났다. 아들이 영어라는 언어에 조금씩 편해진 모습을 확인하고, 하루에 두 권으로 영어 동화책 읽어주는 양을 늘린다. 60권 마지막 권까지 다시 여러 번을 왕복한다.

어느 날 아들이 "아빠, 이제 제가 읽어 볼게요."라고 말한다. 기초 영어 단어도 모르던 아들이 영어 동화책을 더듬거리며 읽기 시작한다. 머뭇거리는 부분만 살짝 돕는다. 하루에 두 권씩 동화책을 읽은지 몇 달이 흐른다. 아들이 조심스럽게 입을 연다.

"아빠, 제가 해석해 봐도 돼요?"

한국외국어대 동시통역대학원 연구 자료에 의하면, 언어 향상 단계는 '계단식'이라고 한다. 오랫동안 영어 회화를 익혀도 말문이 쉽게 트이지 않는다. 하지만 어느 시점에 도달하면 갑자기 영어로 말하고 싶어진다. 계단 모양처럼 그때부터 영어 감각이 수직 상승한다.

대부분의 사람들은 6개월이 못 돼서 영어 회화를 포기한다. 조금만 시간을 더 쌓으면 실력이 껑충 뛸 텐데, 아쉽게도 그 순간을 놓치고 만다. 영어 동화책을 읽은 시간이 쌓이다 보니 아들 영어 감각이 급상승한다. 'Amazing!' 영어 동화책 그림을 보고 생각하며 한 문장 두 문장 뜻을 해석하기 시작한다.

복직해서도 아들이 영어라는 탑을 꾸준히 쌓도록 돕는다. 아들은 하루에 다섯 권의 영어책을 CD로 들으며 따라 읽기를 반복한다. 퇴근하고 아들이 읽고 해석하는 걸 봐준다. 'Excellent!' 영어 문장을 읽는 속도, 발음, 해석 능력이 1년 전과 비교 불가다.

영어에 어려움을 겪는 아들 고민을 들여다보며 마음이 아팠다. 아이 짐을 덜어 주고자 영어 가정교사로 변신했다. 아빠가 혈압이 올라 자주 뒷목을 잡고 용처럼 입에서 불을 뿜어 댔다. 아들이 주눅 들어 종종 고개를 떨궜다. 아빠와 아들이 처음 가 보는 길을 함께 걸으며 때로 영하 10도의 한파를 경험했지만, 서로 잡은 손을 놓지 않고 오랫동안 추위를 견딘 덕분에 아들 영어 실력이 일취월장했다.

시월의 마지막 날이 가까워 오는 가을날이었다. 남색 정장을 옷장에서 꺼냈다. 학부모 면담일을 맞아 아들 담임 선생님을 뵈려고 옷차림에 예의를 갖췄다. 4학년인 아들 교실로 향한다. 왠지 몸에 힘이 들어간다. 휴직하고 8개월 동안 아들과 가까이 지낸 아빠가 얼마나 아들을 잘 도왔는지 선생님에게 평가받는 자리처럼 느껴졌다.

"아버님, 어서 오세요."
"선생님, 안녕하세요."

"태은이 학습 능력이 눈에 띄게 향상됐어요. 시험 성적 보면 제가 깜짝 놀라요."

"고맙습니다. 학교에서 아이 태도는 좀 어떤가요?"

나의 질문에 선생님이 뜸을 들였다. 잠시 후 "잘못을 지적했을 때, 변명하거나 친구 탓을 할 때가 있어요."라는 말을 꺼냈다. 평소 느끼는 부분이었다. 큰 문제는 아니라고 에둘러 말하는 선생님 마음을 읽었다. "제가 집에서 더 살피겠습니다."라고 말한다. 교실 뒷문을 닫고 나온다. 학습도 중요하지만 부모로서 아이들이 올바른 태도를 갖도록 돕는 게 우선임을 깨달은 날이었다.

주말이 되어 아들과 체육관에 간다. 넓고 큰 체육관에 들어서니 태은이가 춤을 춘다. 아빠랑 운동할 생각에 기분이 하늘 높은 줄 모르고 치솟는다. 가볍게 몸을 푼다. 야구 글러브를 끼고 공을 주고받는다. 공을 던져 주고 방망이를 휘두른다. 야구를 20분 정도 한 후 다른 구기 종목으로 갈아탄다. 배드민턴, 농구, 축구, 피구를 돌아가면서 즐긴다. 스트레스가 저 멀리 달아난다. 아빠와 함께 체육관에서 땀 흘리며 웃는 아들 얼굴을 보니 마음에 무지개가 뜬다.

아들이 태어난 해에 수첩에 "운동을 좋아하고 아빠와 공놀이하며 진솔한 대화를 나누는 아들이 되기를 바랍니다."라는 소망을 적었다. 아들과 평생 운동 친구 되는 게 꿈이다. 운동을 마치고 자판기 옆 의자에 앉아 땀을 식히며 아들과 캔 음료 뚜껑을 딴다.

"태은아, 살면서 공부보다 중요한 게 뭔지 아니?"

"그게 뭐예요?"

"태도란다. 누가 태은이 행동에 대해 조언하면 잘 받아들이는 자세가 중요해."

"……."

담임 선생님에게 들은 말을 전하는 아빠 말에 수긍하지 않고 여전히 남 탓으로 돌리는 아들을 보며, 지난날의 내 모습이 떠올랐다. 이후 주말마다 아들과 체육관에서 시간을 보냈다. 아들과 운동하고 대화를 나누는 시간이 밤새 내리는 눈처럼 쌓여 갔다. 사람들을 대하는 태도가 중요함을 강조하니, 아들이 스스로 책임지려고 노력하는 모습을 보이며 조금씩 달라진다.

학기 말, 방학하는 날이다. 방학을 맞이해 들뜬 아이들 기분을 살려 준다. "짜잔! 치킨 파티!" 거실에 큰 상을 펴고 한가운데 치킨을 세팅한다. 아내가 귤, 사과, 빵을 곁들인다. 입을 부지런히 움직이며 즐겁게 음식을 먹다가 아들이 뜻밖의 말을 꺼낸다.

"아빠, 사실 오늘 우울했어요. 친한 친구들이 모두 다른 반이 됐거든요. 좋아하는 선생님과도 헤어졌어요." 아들이 말을 이어 간다. 방학식 끝나고 친구들이 모두 교실에서 나간 후 선생님 자리로 다가가 고마움을 표현했다고 한다. 태은이 인사를 받으며 선생님 눈에 눈물이 맺혔다는 말까지 들려준다.

"선생님. 3학년, 4학년 2년 동안 저를 가르쳐 주셔서 감사합니다."

"태은아, 잘하고 있어. 앞으로도 지금처럼만 하면 돼."

다른 학생들이 떠난 교실에서 아들이 선생님과 단둘이 나눈 대화 내용을 들으니 폭풍 감동이 밀려온다. '아들과 함께 쌓아 올린 축적의 시간이 헛되지 않았구나.' 하는 생각에 마음이 뭉클해진다.

실력이 쌓이고 올바른 태도를 형성하기까지는 오랜 시간이 필요하다. 그 과정이 마냥 즐겁지만은 않다. 하지만 꾸준한 노력은 배신하지 않는다. 반드시 보상받는다. 축적의 힘은 위대하기 때문이다.

④

기억에 남는 선물

책상을 보고 가끔 놀란다. 생각 못 한 물건이나 접힌 종이가 놓여 있기 때문이다. 의외성은 사람 기분을 업시키기도 하고 다운시키기도 한다. 그 뜻밖의 일이 '선물'이라면 어떨까. 그것도 세상에서 하나뿐인 딸아이가 아빠 생각해서 정성껏 준비한 거라면.

퇴근하고 안방 침대 옆에 놓인 책상에 앉는다. 불이 꺼진 고요한 방. 회사에서 종일 컴퓨터 모니터 보느라 시달린 눈에 휴식을 준다. 긴 숨을 들이쉬었다가 내쉬며 눈을 뜨고, 무심코 책상 왼쪽을 바라보다가 '헉' 하고 놀란다. 어두운 방에 왕벌레가 나타났다. 급히 방의 불을 켠다. 빨간색 등을 가진 커다란 무당벌레다. 딸아이가 아빠 놀란 소리에 달려와 말한다. "아빠, 그거 제가 만든 선물이에요."

딸과 아내와 함께 카페 나들이 중이다. 아내는 오른쪽에서 커피 마시며 책을 읽고, 아이는 아빠 맞은편에서 딸기 셰이크를 마시며 논다. 아빠는 노트북을 켜고 글을 쓴다. 글쓰기에 몰입하면 주변이 보이지 않는다. 한 시간쯤 지났을까. 딸아이가 두 손으로 종이를 내민다. 입꼬리가 절로 올라간다. 아빠가 노트북 앞에서 글 쓰는 모습을 연필로 그렸다. 노트북 연결선, 뒷배경의 책꽂이 등 묘사가 섬세하다. 태희가 그려 준 그림을 출근 가방에 넣고 다닌다. 머릿속이 복잡할 때 꺼내 보며 기분을 업시킨다.

어느 날 밤이었다. 도서관에서 빌려온 책을 책상 앞에 앉아 읽는다. 딸이 침대에 누워 뒹굴뒹굴 구른다. 한참 지나자 조용해서, 나는 뒤를 돌아본다. 아이가 아빠 책 읽는 모습을 그리는 중이다. "사랑해요."라는 글씨를 쓴 그림을 아빠에게 선물한다. 아빠가 글 쓰거나 책 읽을 때 목과 귀를 마사지해 주며 코알라처럼 아빠 등 뒤에 매달려 붙어 있는 걸 좋아하는 딸. 나는 '아기 코알라' 아빠다.

코로나19 확진자가 급증하면서 사회적 거리 두기 2단계가 전국에 시행됐다. 밖에 나가지 않고 집에 종일 머무르니 무기력해진다. 방바닥에 누워 천장을 보며 '멍'을 때린다. 갑자기 눈앞에 노란 게 보인다. 딸이 "선물이에요."라며 건넨다. 나는 이중 삼중으로 정성껏 싸인 포장지를 뜯기 아까워 망설인다. "열어보세요."라는 아이 말에 나무늘보처럼 느리게 몸을 일으켜 포장지를 뜯는다.

"차 키, 열쇠고리 같은 작은 물건을 보관할 수 있어요."라는 문구가 적힌 종이 보관함과, 예쁘게 깎인 연필 세 자루가 나타난다. 여기서 끝이 아니다. 보관함을 열어 본다. 선물 안에 또 다른 선물인 껌 두 개가 들어 있다. 의외성에 추가된 또 다른 의외성이 기쁨의 크기를 키운다. 늘어진 주말 오후에 웃음을 선물해 준 딸아이를 두 팔로 안는다. "태희야, 선물 고마워."

가을이 다가온다. 아침저녁으로 서늘한 바람이 분다. 시계는 고장 나지만 계절 변화는 고장 나는 법이 없다. 홍수와 폭염의 여름이 가고, 책 읽기 안성맞춤인 가을이 고개를 든다. 이른 아침에 눈을 떴다. 누운 채로 가볍게 스트레칭을 한 후 책상 앞에 앉았다. 무심코 오른쪽으로 고개를 돌린다. 예쁘게 접혀 있는 흰 종이가 시선을 잡아당긴다. 눈을 비비며 종이를 편다.

"아빠, 저 태희예요.

항상 스마일, 아빠 딸 태희.

피아노 실력이 쑥쑥 늘고 있어요.

글쓰기 실력도 마찬가지예요.

아빠가 있어서 너무 행복해요.

사랑해요. LOVE."

— 태희 올림 —

딸아이는 아빠 엄마에게 편지를 자주 쓴다. 아빠 책상 위, 엄마 화장대에 말없이 편지를 놓고 사라진다. 9월 첫날 아침에 딸에게 '러브 레터'를 받았다. 꾹꾹 눌러쓴 마음 담긴 글씨가 아빠의 하루 시작을 힘차게 열어 준다.

애정 담긴 글, 따뜻한 말 한마디, 여유 있게 웃어 주는 표정은 상대방 마음을 가볍게 한다. 딸아이가 전해 준 '행복 비타민'을 섭취하니 출근길 발걸음이 가볍다. 직장 엘리베이터 앞에서 만난 직원에게 활짝 웃는 얼굴로 인사한다. "좋은 하루 보내세요."라는 따뜻한 말 한마디를 건네며 기분 좋은 하루의 시작을 선물한다.

여유로운 토요일 오전이다. 가족 모두 늦잠을 잔다. 자고 있는 내게 딸이 다가와 "아빠, 배고파요."라고 귀에 속삭인다. 딸기잼 바른 식빵, 요구르트, 바나나, 귤로 딸 아침을 챙긴다. 뒤따라 일어난 아들이 주먹밥이 먹고 싶단다. 그때 딸이 팔을 걷어붙인다. "제가 주먹밥 만들게요. 김과 밥 있어요? 비닐장갑도 필요해요."

부엌에 가서 서랍들을 열어 보며 준비물을 챙겨 준다. 딸이 비닐장갑을 끼고 김을 찢어 밥에 넣고 손으로 조물조물한다. 어느새 접시에 꼬마 주먹밥이 쌓여 간다. 덩달아 내 마음에 기쁨이 차오른다. 고사리 같은 손으로 세상에서 둘도 없이 맛있는 주먹밥을 만들었다.

딸 덕분에 아침을 든든히 해결했다. 딸이 아직 잠에서 깨지 않은 엄마를 위해 주먹밥 한 접시를 남겨 놓는다. 접시 밑에 고이 접은 편지를 끼운다. "고생 많으신 엄마를 위해 하트 모양으로 만들었어요."

딸아이에게 받은 선물 중 가장 기억에 남는 것이 있다. 육아휴직을 마치고 출근한 첫날, 적응이 안 돼 어수선한 마음으로 점심시간에 집에 들렀다가 받은 선물이다. 정장 안주머니에서 발견한 '꼬깃꼬깃 접힌 편지와 사탕 두 개'가 그 주인공이다. 그 당시 나는 무척 힘들었다. 같은 말이라도 마음 상태에 따라 느껴지는 감동의 깊이가 달라지게 마련이다.

아빠를 응원하는 짧은 글에 담긴 딸아이 마음을 놓치지 않으려고 몇 번이고 다시 읽었다. 울적한 아빠 마음을 태희가 어루만져 주었다. 편지 안에 들어 있는 사탕에 시선이 오래 머물렀다. 홍삼 사탕 두 개가 내 가슴속을 파고들어 왔다. 영원히 기억에 남는 선물로 마음 한복판에 새겨졌다.

⑤ 용돈 봉투

아무리 많이 있어도 부족한 건 무얼까. 타서 쓰는 것, 바로 용돈이다. 용돈을 타서 쓰는 아이들이나 남편은 공감할 것이다. 지갑에 용돈이 두둑하면 마음이 든든하다. 친구를 만나 식사를 하든 지인을 만나 차를 마시든 거리낄 게 없다. 반대로 지갑이 텅 비면 만남을 피하게 된다.

초등학생인 아이들도 돈 쓸 일이 많다. 아들딸에게 "용돈 필요하니?" 하고 물으면 갑자기 눈이 반짝반짝 빛난다. "아빠가 용돈 줄게." 하고 말하면 자다가도 벌떡 일어난다. 용돈이라는 단어는 아무리 작게 말해도 아이들 귀에 크게 들린다.

아버지를 회상한다. 아버지는 내게 용돈을 주는 방법이 남달랐다. 매달 정액제로 용돈을 주는 게 아니라, 심부름을 하고 남은 돈을 갖도록 했다. 아버지가 "누가 심부름 다녀올래?"라고 물으면 "제가 갈게요!" 하고 손을 번쩍 들었다. 아버지는 심부름을 보낼 때 돈이 남도록 여유 있게 주었다. 심부름 가는 아이들을 배려한 것이다.

명절이나 필요한 상황에 특별히 용돈을 줄 때는 돈이 보이지 않게 흰색 봉투에 넣어 주었다. 아버지가 건네는 용돈 봉투를 두 손으로 받을 때마다 '얼마나 들어 있을까.' 하는 기대감에 부풀었다. 동시에 아버지에게 존중받는 느낌이 들어 기분이 묘하게 좋았다.

새해 첫날 아들과 딸의 세배를 받았다. 아이들에게 덕담을 해 주고 하얀 봉투를 건넨다. 봉투 뒷면에는 아이들을 격려하는 글을 적었다. 자식들은 알게 모르게 부모를 닮아 간다. 아버지가 내게 보여 준 모습을 나도 모르게 아이들에게 그대로 따라 한다. 어느 날 아들이 공책을 가져와 "아빠, 펴 보세요."라고 말한다. 일기라고 생각하고 한 장을 넘겼다.

"사랑하는 아들, 소풍 잘 다녀오렴."
"태은아, 휴직한 아빠와 1년 동안 잘 지내 줘서 고맙다."
"친구처럼 든든한 태은아, 새해에는 더 많이 웃자. 사랑한다!"

뜻밖이었다. 아빠가 용돈을 줄 때마다 봉투에 적은 글을 가위로 오려 공책에 붙여 놓은 것이었다. 뭉클한 마음으로 아들 공책을 넘기며 '아빠가 하는 행동을 아이가 허투루 보지 않는구나. 글자 하나에도 마음을 담아야겠다.'라는 생각이 스친다.

용돈 하면 떠오르는 사람이 있다. 군산에 사는 셋째 매형이다. 매형은 시청 공무원이다. 30년 넘게 한 우물 파며 공직에 머무르는 매형을 보면 존경심이 절로 나온다. 소처럼 우직한 책임감과 성실함으로 '홀벌이' 가장의 인생 무게를 견디며 힘든 시절을 헤쳐 나온 걸 알기 때문이다.

매형은 나와 열한 살 차이다. 내가 고등학생이었을 때 매형은 20대 후반이었다. 매형은 학생인 나를 볼 때마다 슬며시 용돈을 건넸다. 그때는 몰랐다. 공무원 월급으로 누나와 두 명의 조카를 책임지는 일이 만만치 않다는 것을. 용돈을 주며 매형이 내게 했던 말은 강산이 여러 번 바뀐 지금도 생생하게 기억이 난다.

"처남, 같이 나눠 쓰자."

시골 사람인 매형은 소탈하다. 음식을 가리지 않고 잘 먹는 막내 사위를 어머니는 아들처럼 편하게 대했다. 어느 날 매형이 양손 무겁게 어머니를 뵈러 집에 들렀다. 고등학교를 자퇴하고 집 마당에 앉아 땅만 바라보고 있는 나에게 매형이 조심스럽게 다가와, "처남을 믿어. 잘될 거야." 하고 말했다. 매형 말이 와닿지 않았다. 앞이 캄캄하고 꼬일 대로 꼬여 다시 일어설 수 없을 것만 같았기 때문이다. 지금 내 모습을 바라본다. 나를 믿어 준 매형 말 그대로 이루어졌다.

어느덧 50대 중반을 넘어 공무원 정년을 몇 년 앞둔 매형. 조카들은 대학을 졸업하고 취업을 준비 중이다. 어머니 장례식장에서 만난 조카 윤영이가 "삼촌, 공기업에 최종 면접까지 갔는데 아깝게 떨어졌어요."라며 면접 노하우를 묻는다.

'면접에 대해 조카에게 무슨 말을 해 줄 수 있을까?' 구직 활동 할 때 면접을 어떻게 준비했는지 기억을 더듬어 본다. 먼저 입사하려는 회사 현황을 조사했다. 예상 질문을 만들어 거울을 보며 답변을 연습했다. 가장 중요한 건 자신감 넘치는 당당한 태도였다. 시선 처리와 손짓 제스처까지 신경을 썼다.

조카에게 정리된 생각을 말해 준다. "핵심이 되는 단어를 주로 사용하고, 되도록 답변할 때 말수를 줄이는 게 좋아. 어깨 펴고 면접관 눈을 응시하며 당당히 너를 드러내렴." 지나치게 저자세를 취하지 말고 '나를 채용하지 않으면 당신이 손해.'라는 생각으로 자신 있게 나가라는 말을 덧붙인다.

조카들과 이런저런 대화를 나누며 삼촌과 조카 관계를 돈독히 다진다. 헤어지기 전에 조카들에게 봉투를 건넨다. "찬호야, 잘될 거야!", "윤영이를 믿는다!"라는 글을 봉투 뒷면에 적었다. 조카들과 작별 인사하며 바라본 하늘에서 비가 내린다. '매형에게 용돈 받던 내가 조카에게 용돈 주는 사람이 되었구나.' 하는 생각이 들어 내리는 비처럼 마음이 촉촉해진다.

'보물이 있는 곳에 마음도 있다.'라는 말처럼 누군가에게 돈을 줄 때는 그 사람을 위하는 마음도 함께 따라간다. 용돈을 줄 때는 액수가 보이게 꺼내어 주는 것보다 봉투에 넣어 주는 게 센스 만점이다. 받는 사람의 마음을 설레게 하고 존중받는 느낌이 들도록 하기 때문이다. 받는 사람이 예상하는 금액보다 조금 더 넣으면 금상첨화다. 봉투에 사랑하는 마음을 담아 몇 자 적으면 그보다 좋을 수 없다.

6

14년 경력 단절을 잇다

사람들은 쉽게 직장을 그만두지 못한다. 몸이 아프거나 사정이 있어도 웬만하면 버틴다. 직장이라는 곳을 한번 나오면 나중에 다시 들어가기가 산삼 찾기보다 어려운 탓이다. 여성의 경우는 더 심각하다. 많은 여성이 결혼을 안 하는 추세다. 결혼해도 아기 갖기를 꺼린다. 임신과 출산, 육아의 터널을 지나는 동안 어렵게 쌓아온 공든 '경력 탑'이 무너질까 두렵기 때문이다.

스물다섯 살에 아내를 만났다. 아내는 유치원 교사였다. 대학생이던 나는 어린아이들에 둘러싸인 유치원 교사가 천사처럼 보였다. 천진난만한 아이들과 종일 지내니 유치원 교사는 세상 편한 직업이라고 생각했다.

착각이었다. 아내는 천사가 아니었다. 아이들은 천방지축이었다. 유치원 교사는 야근이 잦다. 환경판 꾸미기, 행사 소품 만들기, 학부모 상담, 문서 작업 등 일이 끊이지 않는다. 밤늦도록 근무하며 고생한 것에 비해 보수는 적다. 겉으로 보이는 게 다가 아니었다. 하지만 아내는 아이들을 돌보는 유치원 교사를 천직으로 여긴다. 아이들과 함께 있는 시간이 행복하다고 말한다.

5년 연애 후, 서른 살에 아내와 결혼했다. 아내는 생활 터전을 전주에서 대전으로 옮겼다. 유치원 직장을 그만두었다. 아내는 활동적인 사람이다. 직장을 다니면서도 무언가를 배우러 다녔다. 밖에서 활발하게 움직여야 살아 있음을 느끼는 아내가, 십수 년을 가정주부로 살아간다. 그 사이 하늘에서 내려 준 두 아이가 선물처럼 우리 부부를 찾아왔다.

아내가 몇 년 전 아파트 단지 내 가정 어린이집에 보조 교사로 취업했다. 오전 9시 30분 출근에 오후 2시 퇴근이었다. 보수가 생각보다 괜찮고 초등학생인 아이들이 집에 돌아오기 전에 퇴근하는 게 맘에 들었다.

보조 교사로 9개월간 근무한 아내가 의욕을 낸다. 정교사로 지원해서 1년만 하얗게 불태우고 싶다며, 내게 육아휴직을 권한다. 두 아이를 낳고 키우며 집에서 지낸 아내는 그 세월이 행복하면서도 답답했다고 고백한다. 아내의 권유로 육아휴직을 시작했다. 아내는 정교사로 취업했다. 마침내 14년 동안 끊어진 경력을 이었다.

아내는 오전 8시 30분에 출근해서 저녁 6시 30분에 퇴근할 생각으로 정교사 생활을 시작했다. 오판이었다. 보조 교사와 정교사의 업무량은 천지 차이다. 아이들을 돌보는 것보다 서류 챙기는 일이 본업이라는 생각이 들 정도다. 매일 10여 종의 서류를 작성하고 관리한다. 아내가 20대에 일할 때와 40대가 되어 다시 시작한 직장 생활은 차이가 컸다. 무엇보다 체력이 따라 주지 않았다. 20대 때는 며칠 밤을 새 워도 끄떡없었다는 아내가 지금은 밤까지 근무한 날이면 집에 와서 추풍낙엽처럼 쓰러진다.

복병이 도사린다. 하필이면 아내가 정교사로 근무를 시작한 때가 정부 평가 인증을 받는 해다. 3년에 한 번씩 돌아오는 정부 평가 인 증을 받는 해가 되면 근무하던 선생님도 많이 그만두는 게 업계 분위 기다. 평가 인증을 받지 않는 해에 비해 챙겨야 할 서류, 행사 등 업무 량이 몇 배 늘어나기 때문이다.

아내는 퇴근 후 서류 작업 하느라 노트북과 씨름한다. '밤잠'은 남의 얘기가 된 지 오래다. 일하다가, 잠들었다가, 다시 새벽에 일어나 노트 북 앞에 앉는다. 평가 인증을 한 달 앞두고 매일 밤 10시, 11시에 퇴 근했다. 씻지도 못하고 방으로 들어가 노트북을 켰다. 이틀 연속 밤 을 새운 적도 있다. 마침내 정부 평가 인증 일정이 잡혔다. 하지만 평 가 요원이 무슨 요일에 나오는지 몰라 피가 마른다. 초인종 소리가 나 면 '오늘이구나.' 하고 알아채야 한다.

'띵동'. 월요일 오전 9시 30분. 아내가 근무하는 가정 어린이집의 초 인종이 울린다. "여보, 평가 인증 시작됐어요. 기도 부탁해요."라는 아 내 문자가 날아온다. 집안일 하다 잠시 숨을 고른다. 내가 평가받는 것처럼 몸과 맘이 얼어붙는다. 거실 소파에 앉아 아내 어린이집이 평 가를 무사히 잘 받길 바라는 마음으로 두 손을 모은다.

몇 달 동안 밤낮없이 준비한 평가 인증을 마쳤다. 아내가 전보다 일 찍 퇴근한다. 서류 업무량이 크게 줄어든다. 여유가 생긴 아내가 "여

170   두려움에 펀치를 날리다

보, 남은 휴직 기간 삼 개월은 꽃길만 걸어요." 하며 내게 장난을 건다.

"여보, 정부 평가 인증 A 등급 받았어요."

어린이집 원장이 보낸 카톡을 확인한 아내가 말한다. 원장은 어린이집 아이들 수가 줄어 몇 달 동안 자신의 월급을 챙기지 못했다. 빚을 내어 교사 월급을 챙길 정도로 어린이집 재정 상태가 악화됐다. 건강이 나빠져 수술까지 받았다. 동료 선생님은 50대다. 여기저기 몸이 아프다. 종일 아이들 돌보느라 생긴 직업병이다. 아이를 좋아해 시작한 일이지만 그 나이에 감당하기가 버겁다. 원장님, 동료 선생님, 아내가 고생하는 스토리를 듣고 있자면 가슴이 짠해진다.

고생 뒤에 A 등급이라는 최고의 결과를 얻었다. 눈물이 날 만큼 나의 일처럼 감격스러웠다. 어린이집에 쌍둥이 아이가 추가 등록한다는 기쁜 소식이 이어진다. 갈수록 출산을 꺼리고 아파트 가격이 급등해 폐원하는 어린이집이 늘어나는 게 현실이다. 아내가 근무하는 어린이집이 작년에 문 닫을 위기를 극복하고 돛이 바람을 만난 듯 순항한다.

평가 A 등급 소식을 들은 다음 날 아침이다. 아내가 출근하고 아이들이 등교한 뒤 집에는 적막감이 흐른다. 책상 앞에 앉아 하루 일을 생각하다가 마음이 뜨거워진다. 아내의 어린이집 경사를 축하하고 싶은 마음이 올라온다. '남편이 아내 직장에 찾아가는 게 맞나.' 싶어 망설여진다. '갈까 말까' 생각이 몇 번씩 바뀐다. '안 되겠다. 가슴이 시키는 대로 하자.'라고 생각을 정리하고 동네 꽃집으로 향한다. 바구니에 꽃을 푸짐하게 꽂는다. 리본에 "평가 인증 A 등급 축하합니다."라는 글을 새긴다. 아내 직장을 향해 설레는 발걸음으로 꽃다발 배달에 나선다.

아내의 직장이 맞는지 아파트 동 호수를 여러 번 확인한다. 혹시라도 자는 아이들이 깰까 봐 작은 소리로 문을 노크한다. 아내가 문을 열어 준다. "원장님, 축하드립니다." 하고 말하며 건네는 꽃바구니를 받으며 원장이 함박웃음을 짓는다. 인사하고 나오려는데 원장이 붙잡으며 녹차를 내 준다. "원장님과 두 분 선생님이 고생 많으셨다고 들었습니다." 하고 말하자 원장이 옷소매로 눈가를 닦는다.

퇴근한 아내가 나를 보자마자 원장이 고맙다는 말을 전해달라고 몇 번을 당부했다며 엄지를 들어 올린다. 일에 성실하고 아이들을 진정성 있게 대하는 아내는 A 등급이라는 명예를 얻고 어린이집을 나왔다. 박수받을 때 떠나라는 말처럼.

아내 꿈은 동화 작가다. 어려서부터 책을 좋아한 아내는 시, 동화, 수필을 오래전부터 써 왔다. 어느 날 아내가 새 노트북을 갖고 싶다며 내 겨드랑이를 간지럽힌다. 평소 사용하던 노트북은 지속되는 아내의 밤샘 작업에 기절하더니 결국 수명을 다했다. 아내는 "새 노트북이 생기면 본격적으로 글을 쓰겠어요."라며 결연한 표정을 짓는다.

100만 원이 넘는 노트북을 사러 가자고 선뜻 말하기가 머뭇거려진다. 며칠 생각에 잠긴다. 1년간 직장 업무 때문에 잠 못 자며 퀭한 얼굴로 지내던 아내 모습이 머릿속 스케치북에서 한 장 두 장 찢겨 지나간다. 그렇다. 아내는 그만한 선물을 받을 자격이 충분하다. 결심이 선다. 아내 생일날에 하얀색 노트북을 선물했다.

아내가 어린아이처럼 팔짝 뛴다. 아내가 좋아하니 나도 좋다. 아내가 웃으니 나도 따라 웃는다. 직장 생활이라는 항해를 무사히 마치고 '가정 항구'로 돌아온 아내를 두 팔 벌려 맞이한다. 14년간 끊어진 교사 커리어를 회복한 아내가 1년간 중단한 주부 경력을 이을 채비를 한다. 다시 가정주부로 옷을 갈아입은 아내가 새 노트북을 무기 삼아 아이들에게 꿈을 심어 주는 동화 작가로 성장하기를 응원한다.

7

제주도 '올라비양'에 가다

"제주행 비행기가 결항입니다."

항공사가 보낸 문자다. 예약한 비행기 편의 운항이 취소됐다는 '친절한' 안내가 마음을 어지럽힌다. 다음 날 오전 비행기로 제주도 가족 여행을 떠날 예정이었다. 이게 웬 날벼락인가. 난데없는 태풍이 제주도 왼쪽 옆으로 올라오고 있단다.

처음으로 비행기를 탈 생각에 며칠 전부터 설렘 가득하던 아들딸의 마음이 팽팽하게 부풀었다가 바람 빠진 풍선처럼 쭈글쭈글해졌다. 아이들에게 비행기를 태워 주고 지쳐 있는 아내에게 바람 쐬어 줄 생각에 하늘 높이 올라갔던 내 마음도 땅으로 추락했다. 내 기분이 처진 걸 눈치챈 아내가 "다음에 더 좋은 때가 올 거예요."라며 오른팔로 내 허리를 감싼다.

살면서 변수는 늘 발생하기 마련이다. 태풍처럼 인간이 어떻게 해 볼 수 없는 불가항력 변수에 무기력해질 필요는 없다. 여행 짐을 쌌다가 비행기가 안 뜨면 다시 풀면 된다. '제주도 여행길에 오를 더 좋은 기회가 찾아올 거야.'라고 생각하며, 달라진 상황에 긍정적으로 반응하려고 애를 쓴다. 제주도 가족 여행이 취소된 아침에 공항이 아니라 직장으로 출근했다. 열심히 일하고 다음에 떠나자는 마음으로.

"리모델링 마쳤으니 시간 되면 제주도에 놀러 와라."라는 둘째 누나의 전화를 받았다. 일산에 사는 누나는 제주도에 주택이 있다. 매형이 중학교 교사로 정년 퇴임을 하고 누나와 제주도에 내려가 '인생 2막'을 열었다. 제주도에 있는 집을 리모델링하고 숙박업을 시작한 것이다.

누나 초대에 힘입어 두 달 전 태풍으로 좌절된 제주도 여행을 다시 준비한다. 작년 11월 첫째 주 수요일 오후 2시에 마침내 대전에서 청주 공항으로 향한다. 나뭇잎이 붉게 물든 걸 감출 수 없듯 엄마, 아빠, 아들딸이 들뜬 마음을 숨기지 못한다. 아이들이 제주도에 처음 간다. 비행기를 처음 탄다. 아이들에게 새로운 경험을 선물한다는 사실에 아빠로서의 뿌듯함이 제주 앞바다 파도처럼 가슴속에서 넘실댄다.

청주 공항에 도착한다. 예약한 공항 주차장에 차를 쉬게 한다. 비행기를 타기 전 아들이 셀카로 가족사진을 찍으려는 순간이다. 옆에서 지켜보던 신사분이 "가족이 참 보기 좋네요."라며 사진을 찍어 주겠다고 자청한다.

비행기를 타기 전에 아들이 "아빠, 떨려요."라고 내게 귓속말한다. 아들 오른손을 잡아 준다. 아들딸이 처음으로 비행기에 올라타는 역사적인 순간이다. '부우웅'. 비행기가 활주로를 달린다. 하늘 높이 치솟는다. 아이들이 귀가 막힌다고 말한다. 침을 삼키라고 알려 준다. 비행기에 아들딸이 금세 적응한다. 50분쯤 지났을까. 비행기 창밖으로 제주도가 내려다보인다. 제주 공항을 그냥 빠져나가기 아쉽다. '헬로 제주' 포토 존에서 제주도에 도착한 순간을 기념한다.

버스 타는 곳으로 이동한다. 버스 대기 시간이 30분이다. 배 속에서 '꼬르륵' 소리가 들린다. 아이들 시선이 택시로 향한다. 주저 없이 택시를 탄다. 마침내 숙소 앞에 도착한다. 집 대문 앞에 붙은 '올라비양' 간판이 눈에 들어온다.

누나 부부와 저녁 식사를 하던 중 매형에게 상호를 '올라비양'이라고 붙인 이유를 물었다. 천년의 섬 '비양도'를 옆에 둔 '올라비양'에서 머무는 손님이 지친 마음을 회복하고 여생 동안 '안녕'하기를 응원하는 마음을 담았다고 한다. 안녕이라는 뜻의 스페인어 'hola'와 비양도의 '비양'을 조합해 '올라비양'이 탄생한 것이다. 거실 벽에 걸려 있는 사업자 등록증에 누나 이름이 '대표'로 들어가 있다. 누나가 주부에서 숙박업체 대표로 변신했다.

가족과 여행 일정을 상의한다. 많은 곳을 둘러보려고 욕심내기보다 두세 곳 관광지를 선택해 집중하기로 뜻을 모은다. 아이들 눈높이에 맞춰 돌고래 쇼로 유명한 '퍼시픽랜드', 말타기를 경험할 수 있는 '더마파크' 등 여러 곳을 다녀왔다. 가장 기억에 남는 곳은 '비양도'다. '올라비양' 숙소에서 20분 정도 걸으면 '한림항'에 도착한다. 비양도에 가려면 한림항에서 배를 이용해야 한다. 배를 탄다는 생각에 들뜬 아들딸이 배에 오르자 갑판 위로 나간다. 두 손을 들고 바람을 맞으며 온몸으로 바다를 감상한다. 15분 정도 지나자 배가 비양도에 도착한다.

비양도는 제주도의 지질 공원을 대표하는 명소다. 한림항에서 약 5킬로미터 떨어진 섬으로 '하늘에서 날아온 섬'이라는 의미를 담고 있다. 섬 중앙에 두 개의 분석구가 있다. 비양도 해안은 대부분 용암으로 구성되어 있으며 대형 화산탄과 '애기업은 돌'이 대표적인 지질 명소이다.

해안을 따라 걸을 수 있는 둘레길이 섬을 에워싼다. 섬 한 바퀴를 도는 데 걸어서 한 시간 정도가 걸린다. 섬에 자전거 대여소가 있어 자전거를 타고 섬과 바다 뷰를 즐길 수 있다. 비양도에서는 등산도 가능하다. 약 오백 미터 높이의 비양봉을 걸어 오르면 비양도 등대를 만난다. 비양봉 꼭대기에 오르고 싶은 마음이 간절했지만 가족의 만류로 다음으로 미루었다.

비양도는 2005년에 방영된 드라마 「봄날」 촬영지이다. 기념으로 설치되어 있는 고현정, 조인성, 지진희 씨의 젊은 시절 사진을 보니 세월 흐름이 실감된다. 두 시간 동안 비양도를 둘러봤다. 제주도에 와서 바다를 보며 몇 시간 동안 걷고 싶었던 나의 로망을 이루었다. 걷기는 두통 해결사다. 섬에서 걸으니 내륙에서 생긴 복잡한 생각이 단순해지고 머리가 맑아졌다.

딸아이가 내복만 입고 다닐 수 있을 정도로 따뜻하고 바람 한 점 없는 완벽한 날씨에 아름다운 해안 길을 따라 걷노라니 '나는 축복받은 사람이구나.' 하는 생각이 절로 든다. 아들딸이 비양도 부두에 걸터앉아 배를 기다린다. '통통통' 소리가 들린다. 비양도 방문객을 태우러 저 멀리서 배가 물을 밀며 다가온다.

제주도에서 세 밤을 묵었다. 매형이 올라비양에서 지내며 불편한 점은 없었는지 묻는다. 2인용 침대가 한 개 놓인 방, 1인용 침대가 두 개 놓인 방이 비즈니스호텔보다 깨끗해 4인 가족이 머물기에 안성맞춤이고 주방에 토스터, 전자렌지, 전기 고기구이 판, 세탁기, 냉장고 등 모든 게 갖춰져 있어 전혀 불편함을 못 느꼈다고 답변한다. 옆에서 대화를 듣던 딸이 "고모부, 마당에 그네가 있으면 좋겠어요. 태희는 그네 타기 좋아해요."라고 끼어든다.

매형이 마당에 잔디를 깔고 나무를 심어 가든을 꾸밀 거라고 딸아이에게 설명해 준다. 마당 한쪽에 그네를 놓아 아이들 놀이 공간도 꾸미겠다고 약속한다. 여행객 숙소인 올라비양은 '제주 한 달 살기'를 꿈꾸는 사람들을 위한 주거 공간이다. 다음에 찾아갈 때 올라비양이 어떻게 변해 있을지 기대된다.

제주도 가족 여행을 마쳤다. 태풍 탓에 막혔던 제주도 여행길이 둘째 누나의 초대로 뚫렸다. 태풍이 오는 궂은 날씨에 제주도를 간들 무슨 낙이 있었을까. 몇 달 기다린 끝에 더할 나위 없는 환상적인 날씨의 도움을 받으며 제주도를 만끽했다. 제주도 여행 과정을 돌아보며, 조급함과 속상함을 내려놓고 기다리면 내게 맞는 가장 좋은 때가 찾아온다는 인생 교훈을 얻었다.

여행의 품격은 숙소가 결정한다. 둘째 누나 가족의 여생 꿈터인 제주도 올라비양에서 며칠을 지내는 동안 오성급 호텔 부럽지 않은 안락함을 누렸다. 동생 가족을 사랑하는 누나의 따뜻한 배려 덕분에.

⑧
부모 소원은 한 가지다

누구나 달력에 표시할 정도로 꼭 기억하고 싶은 날이 있다. 기념일이다. 기념일(紀念日)의 사전적 의미는 '축하하거나 기릴 만한 일이 있을 때, 해마다 그 일이 있었던 날을 기억하는 날'이다. 기념일에 대해 생각해 본다. 사람들은 왜 기념일을 정해 그날을 기억하려고 애쓸까.

기념일은 평소 연락 못 하고 지내는 사람과 소통할 기회를 제공한다. 생활에 파묻혀 사느라 소홀했던 주변 사람을 돌아볼 여유를 준다. 특히 가정의 달인 5월은 어린이날, 어버이날, 스승의날, 부부의날 등 축하하고 감사를 표현하는 날로 가득하다.

11월은 우리 가족에게 특별한 달이다. 하늘로 떠난 아버지를 추모하는 달이기 때문이다. 추모의 의미를 되새겨 본다. 추모는 '죽은 사람을 그리며 생각하다.'라는 뜻이다. '그리다'는 '사랑하는 마음으로 간절히 생각하다.'라는 의미를 담고 있다.

아버지 기일이 다가오면 아버지를 생각한다. 아버지가 내게 잘해 준일, 아버지와의 추억을 기억의 우물에서 건져 올린다. 나이가 들어 갈수록 아버지의 성실함과 책임감이 존경스럽다. 아버지는 수십 년 동안 한결같이 새벽에 일어나 아침 일찍 출근했다. 사표를 품고 다닐 정도로 공직 생활이 힘들 때가 많았지만 정년까지 완주하며 가족의 안위를 끝까지 책임지셨다.

작년 11월 주말 오전에 아버지를 추모하기 위해 형제들이 고향 묘소에 모이기로 약속했다. 고속도로가 시원하게 뚫려 약속 시각보다 30분 먼저 도착했다. 아버지 묘소는 산에 있다. 아들딸이 장난하며 사이좋게 앞서 올라가는 모습을 보니 봄날처럼 마음이 푸근해진다.

공원 묘소를 한 바퀴 걷는다. "한번 죽는 것은 사람에게 정하신 것이요"라는 성경 말씀이 떠오른다. 세상 인정 얻으려고 아등바등하다가 소중한 사람, 가치 있는 일을 놓치고 살지는 않았는지 돌아보게 된다.

판교에 사는 큰누나는 매형과 새벽 일찍 길을 나섰다. 모임 시간보다 한 시간 일찍 도착해 비어 있는 고향 집을 둘러보았다고 한다. 아버지는 꽃을 좋아했다. 누나가 집 마당에 핀 노란 국화를 한 다발 꺾어 아버지 묘소 앞에 가지런히 놓는다. 모임 시간 5분을 앞두고 형 부부가 탄 차가 논두렁 길로 들어서는 게 보인다. 멀리서 차만 봐도 반가움이 물결친다. 아들딸이 "큰아빠 큰엄마!"를 외치며 뛰어 내려간다.

세 가정이 모였다. 미리 인쇄한 추모 모임 순서지를 가방에서 꺼낸다. 형과 누나에게 한 장씩 건넨다. 아버지가 좋아하시던 「사철에 봄바람 불어 잇고」 찬송을 부른다. 둘째 며느리인 아내가 대표로 기도한다. 아들 태은이가 성경 말씀을 읽는다. 형과 누나가 추모사를 나눈다. 우애하며 살자고 다짐하며 부친의 23주기 추모 모임을 마친다.

산에서 내려와 식당으로 이동한다. 묵은지 갈비찜을 먹으며 쌓인

이야기를 풀어낸다. 즐거운 대화가 음식 맛을 돋운다. 형제일지라도 타지에 살며 자기 삶을 살아 내느라 자주 얼굴을 볼 수 없는 게 현실이다. 가정 행사를 계기로 소중한 사람들이 한 상에 둘러앉아 식사하는 자체가 이벤트다.

점심 식사를 마치고 고향 유원지인 '사선대'에 들러 둘레길을 걷는다. 형과 누나 가족 모습을 카메라에 담는다. "여보, 이쪽으로 와 보세요." 하며 아내가 손짓한다. 산 아래 개울에서 엄마 아빠 오리를 새끼 오리들이 뒤따르고 있다. 다정한 한때를 보내고 있는 형제 오리들을 보며 입가에 웃음이 번진다.

추모해야 할 날이 추가됐다. 작년 말에 돌아가신 어머니 기일이다. 어머니가 세상을 떠나기 몇 주 전에 형제들이 어머니 건강 상태가 위독하다는 연락을 받고 평택 병원에 모였다. 코로나 탓에 병실에 들어갈 수가 없었다. 병원 측 배려로 복도 창문 밖에서 침대 위에 누워 있는 어머니 얼굴을 잠시 바라보았다.

잠시나마 어머니 얼굴을 보며 "어머니." 하고 부를 수 있는 것만으로도 감격스러웠다. 심장 상태가 안 좋아 산소호흡기를 얼굴에 착용하고 있는 어머니 얼굴이 힘들어 보였다. 그게 살아 계신 어머니를 직접 뵌 마지막 순간이었다.

사회적 거리 두기로 카페에 앉을 수 없는 상황이었다. 모이기 어려운 형제들이 그냥 헤어지기 아쉬워 형 집으로 이동한다. 형수가 내려준 아메리카노를 마시며 숨을 돌린다. 못다 한 이야기를 풀어내다가 뜻밖의 편지를 마주한다. 군산에 사는 셋째 누나가 어머니에게 올린 사랑의 마음이다. 하얀 눈처럼 순수한 누나의 마음이 감동 파도가 되어 내 마음을 때렸다.

> "엄마, 미선이예요.
>
> 엄마, 백 살까지 사세요.
>
> 엄마, 보고 싶어요!
>
> 엄마랑 뽀뽀도 하고 싶고
>
> 엄마 손도 만지고 싶고
>
> 엄마 발도 만지고 싶고
>
> 엄마랑 같이 하고 싶은 게 많아요.
>
> 코로나 전염병으로 세상은 마스크하고 다녀요.
>
> 전염병이 사라지길 기도해요.
>
> 엄마 사랑해요!"

올해 설을 맞아 어머니 산소에 다녀왔다. 산소에 가기 며칠 전부터 꿈에 어머니가 나타났다. 어머니가 막내아들이 보고 싶으신가 보다. 사실 어머니 묘소에 갈 자신이 없었다. 아직 마음으로 어머니를 보내 드리지 못했기 때문이다.

어머니 산소를 찾아뵈기 며칠 전, 아내가 쇼핑하다가 예쁜 목도리가 걸려 있는 걸 보고 "어머니에게 잘 어울릴 것 같아요." 하며 목도리를 만졌다. 이후 몇 분 동안 우리 부부는 말을 하지 않았다. 아내도 어머니를 마음으로 보내 드리지 못하고 있었던 것이다. 아내가 시선을 돌렸다. 아내 눈가가 빨개졌다.

"어머니, 병태 왔어요." 하고 인사를 드린다. 묘소 주변을 살펴 드린다. 묘소 앞에 앉아 한동안 생각에 잠긴다. 자리를 털고 일어난다. 발걸음을 고향 집으로 옮긴다. 닫혀 있는 자물쇠에 열쇠를 꽂아 돌리고 조심스레 대문을 앞으로 밀고 들어간다.

오랜만에 들른 고향 집의 방문과 창문을 활짝 연다. 주인이 떠나 맑은 공기를 제때 못 누리는 안쓰러운 집을 위로한다. 집을 한 바퀴 둘러보다 마당에서 발걸음을 멈춘다. 어머니 모습이 보인다. 쪼그려 앉아 땀 흘리며 고추를 따고 텃밭을 가꾸시는 어머니. 눈가에 이슬이 맺히고 가슴이 먹먹해진다. 오늘따라 어머니의 빈자리가 크게 느껴진다.

어머니가 떠난 지 몇 달이 지났다. 어머니가 문득 떠오를 때가 있다. 그리움, 후회, 서러움이 복받쳐 올라온다. 그럴 때면 집 밖으로 나가 황톳길을 걷는다. 아내와 아이들에게 무너지는 모습을 보이지 않으려고.

부모가 세상을 떠나면 구심점이 약해져 형제들 관계가 멀어진다고 사람들은 말한다. 그 말에 공감한다. 집안 어른이 세상을 떠나면 형제간 잘 지내려는 노력이 필요하다. 성경 시편에 "형제들이 함께 다정하게 살 때, 그것이 얼마나 좋고 즐거운 일입니까!" 하는 말씀이 나온다. 형제 우애를 강조하는 성경 구절이 있다는 건 그만큼 형제가 사이좋게 지내는 게 어렵다는 방증이 아닐까.

부모의 소원은 한 가지다. 바로 자식들이 서로 우애하며 사는 것이다. 부모는 세상을 떠나도 자식들이 한 상에 둘러앉아 사이좋게 밥 먹는 풍경을 바란다. 산 밑에서 만난 다섯 마리의 오리 가족이 머릿속에 남는다. 한 부모 밑에서 태어난 5남매가 그 모습처럼 어머니 유언을 받들어 우애하며 살기를 아침마다 기도한다.

5장

꿈은 두려움을 물리친다

① 타인의 꿈을 무시 마라

"내가 백 번도 넘게 말했잖아요."

영화 「히트맨」에서 주인공인 권상우 씨가 국정원 상사에게 절규하며 쏟아 내는 말이다. 주인공은 어려서부터 만화 그리기를 좋아했다. 그림 세상에 푹 빠져 있는 동안에는 부모 없고 가난한 현실을 잠시나마 잊을 수 있었다.

"만화 그리는 게 좋아요. 만화가가 되는 게 꿈이에요."
"사내자식이 꿈을 크게 가져야지. 기껏 만화가 뭐야."

자신이 좋아하는 일을 아무리 말해도 알아주는 사람이 없다. 오히려 꿈이 그게 뭐냐며 무시당한다. 국정원 직원이 그의 꿈을 외면하고 싸움 잘하는 그를 특수 요원으로 차출한다. 영화 결말에서 주인공은 국정원에서 벗어난다. 마침내 웹툰 작가로 행복한 인생 2막을 살아간다. 영화가 끝난 후에도 "수백 번 말했잖아요. 만화 그리는 게 꿈이라고."라는 대사가 귓가에 계속 맴돈다.

몇 해 전에 이루고 싶은 꿈이 생겼다. 작가가 되고 싶은 마음이 솟아난 것이다. 그간 살아온 인생을 글로 남기고 내 이름 석 자가 들어간 책을 출간하고자 마음먹었다.

본격적으로 글을 쓰기 전에 책을 읽기 시작했다. 쓰고 싶은 주제에 대해 참고할 만한 수십 권의 책을 한꺼번에 샀다. 나와 거리가 멀었던 책이 가까운 친구가 되었다. 책 친구들이 집에 많이 놀러 오니 공간이 부족했다. 방바닥 한쪽에 책을 쌓아 올렸다. 책 탑이 몇 줄 올라가다가 쓰러진다. '이대로는 안 되겠다.'라는 생각에 인터넷으로 '책꽂이'를 검색한다. 360도 회전 책꽂이를 보자마자 한눈에 반한다. 마침내 '작가 책꽂이'가 생겼다. 나의 꿈을 이루어 줄 든든한 아군에게 '꿈꽂이'라고 이름 붙였다.

자기 계발서, 에세이, 시집, 소설 등 다양한 책을 읽으며 저자가 주는 메시지에 힘을 얻는다. 가슴 뛰는 글, 메시지에 밑줄을 친다. '처음부터 잘하는 사람은 없어. 도전해야 새로운 길을 개척할 수 있어.' 하고 생각하며 스스로 자신감을 불어넣는다.

어느 날 둘째 누나의 안부 전화를 받았다. 근황을 나누다가 무심코 "책을 쓰려고 준비 중이에요."라는 말이 튀어나왔다. 책 출간 때까지 숨기고 싶었던 나만의 비밀을 누설하고 말았다. "직장이나 열심히 다녀. 괜한 데 한눈팔지 말고."라는 누나의 말이 이어졌다. 은근히 누나의 격려를 기대했던 내 마음이 싸늘하게 얼어붙은 채 통화를 마쳤다.

'동생이 잘 다니던 직장을 그만두고 엉뚱한 짓 하다가 인생이 꼬이지는 않을까.' 하고 걱정하는 누나의 마음을 이해한다. 하지만 한번 들어온 서운한 마음이 며칠 동안 명치에서 내려오지 않았다. 주변 사람도 이구동성이다. "작가는 타고나는 거야. 아무나 책 쓰면 다 작가 되게."라는 말을 쉽게 내뱉었다.

꿈은 특정 사람을 위한 전유물이 아니다. 누구나 소중한 꿈을 품고 성취할 자유와 권리가 있다. 함부로 다른 사람 꿈을 무시해서는 안 된다. 꿈은 패잔병처럼 쓰러지기 일보 직전인 사람을 방금 잡아 팔딱거리는 활어로 변하게 만드는 힘을 가지고 있다.

나의 장점은 끈기다. 무언가에 마음이 꽂히면 끝까지 밀고 나간다. 책을 읽으며 삶의 흔적을 돌아본다. 글쓰기에 시동을 건다. 책 목차를 정하고 한 꼭지씩 글을 쓴다. 글을 쓰다가 막힐 때가 생긴다. 그럴 때마다 음악과 영화가 내게 영감을 불어넣으며 돌파구를 열어 주었다.

'아들'을 소재로 글을 쓰다가 막혔다. 시계를 보니 오후 두 시였다. 세 시간 넘게 몰입하다가 점심시간을 넘겼다. 집 밖으로 나가 분식집에서 김밥을 주문하고 탁자에 앉는다. 분식집 옆 제과점에서 음악이 흘러나온다. 가사를 듣다가 가슴이 턱 막힌다. 먹던 김밥을 팽개친 채 집으로 달려갔다.

그 노래 제목은 「가족사진」이다. "바쁘게 살아온 당신의 젊음에 의미를 더해 줄 아이가 생기고", "외로운 어느 날 꺼내 본 사진 속 아빠를 닮아 있네."라는 가사가 눈물샘을 자극했다. 집에 돌아와 「가족사진」을 여러 번 반복해서 들었다. 비를 흠뻑 맞은 대지처럼 감수성이 촉촉해졌다. 「가족사진」 덕분에 아들에 대해 쓰다가 막혔던 글을 순조롭게 마무리했다.

과거의 실패를 딛고 일어선 내용을 쓰다가 '글 길'을 찾지 못했다. 노트북 전원을 끈다. 머리를 식히려고 늦은 밤에 「신과 나눈 이야기」라는 영화를 봤다. 주인공 직업은 라디오 방송국 DJ다.

주인공이 교통사고로 목뼈가 부러진다. 몸이 상한 건 시작에 불과하다. 일자리를 잃고 실업수당이 끊긴다. 월세가 밀려 살던 집에서 쫓겨난다. 잘나가던 유명 DJ에서 한순간에 노숙자로 전락한다.

아무리 애를 써도 풀리지 않는 인생을 한탄하며 몸과 마음이 병들어 간다. 방황의 시간이 흐르고 주인공은 내면과 마주할 용기를 되찾는다. 영감을 얻어 글을 쓰기 시작한다. 글이 사람들의 공감을 불러일으킨다. 책으로 출간되어 세계를 다니며 강연을 통해 독자와 소통하는 삶을 산다.

영화를 보는 내내 주인공의 처지, 어려움, 비참함 그리고 마침내 재기한 모습이 마치 내 모습처럼 느껴진다. 감정이 백 프로 이입되어 주인공이 내가 되고 내가 주인공이 된다. 눈물이 왈칵 쏟아진다. 솟구쳐 오르는 감동을 주체할 수가 없다. 새벽 두 시에 노트북을 다시 켠다. 쓰다가 막힌 글이 술술 풀려 홀가분한 마음으로 마침표를 찍는다.

매일 '책 출간'이라는 꿈을 푯대 삼아 한 걸음씩 나아갔다. 내 꿈을 향해 부정적인 목소리가 들려와도 개의치 않았다. 누가 시켜서가 아니라 내가 좋아서 하는 일이었기에 매 순간 즐거웠다. 비록 꿈을 이루지 못할지언정 꿈을 향해 돛을 펼치고 드넓은 바다로 항해하는 과정 자체가 행복했다.

누군가는 "먹고살기도 빠듯한데 한가하게 '꿈' 이야기나 할 때냐." 하고 짜증 낼 수도 있다. 하지만 주변 지인이 '꿈' 이야기를 꺼내면 무시하지 말기를 부탁한다. 그 사람에게는 꿈이 목숨보다 소중할지도 모른다. "잘될 거야."라는 따뜻한 격려 한마디가, 포기하고 싶은 한 사람의 인생을 다시 일으킬 수 있는 버팀목이 되어 줄 수 있다.

② 꿈꾸는 돌멩이

돌멩이는 둥글다. 각지거나 모나지 않다. 돌멩이가 처음부터 둥글었을까. 아니다. 이리저리 구르고 다른 돌과 부딪히며 비바람을 맞다 보니 자신도 모르는 사이에 둥글둥글하게 다듬어진 것이다.

어느 날 딸아이가 돌멩이 하나를 주워 온다. "아빠, 선물이에요." 하며 건넨다. 돌멩이를 책상 위에 올려놓고 한참을 쳐다본다. 문득 돌멩이에서 내 모습이 하나둘 보이기 시작한다.

27세에 사회에 첫발을 내디뎠다. 혈기 왕성한 나이였다. 강한 자아를 못 눌러 좌충우돌했다. 30대가 돼서도 마찬가지였다. 이 사람 저 사람과 부딪혔다. 이리 치이고 저리 치이며 조직의 쓴맛을 봤다. 점차 모난 부분이 마모되었다.

나이 마흔 고개를 넘으니 새처럼 자유롭게 날고 싶은 욕구가 샘솟았다. 숨 막히는 새장을 박차고 나와 온 세상을 훨훨 날아다니고 싶은 마음이 꿈틀거렸다. 다른 사람인 척 살지 않고 당당히 있는 그대로의 '나'를 표현하고 싶었다. 결국 사고를 쳤다. 내 인생에 한 획을 그은 가슴 짜릿한 일을 저질렀다.

바로 '책 출간'이었다. 글은 내게 "임금님 귀는 당나귀 귀!"라고 소리칠 수 있는 '대나무 숲'과 같았다. 지금껏 살며 표현 못 하고 짓눌린 생각과 감정을 글로 쏟아 냈다. 그 결실이 심리에세이 성격의 자기 계발서인 『두려움에 딴지를 걸어라』다.

2019년 7월 10일 수요일은 내게 역사적인 날이다. 그날에 내 원고의 가치를 알아봐 준 출판사와 출간 계약을 맺었다. 출간 계약에 이르기까지의 과정이 새록새록 떠오른다. 6월 마지막 주에 투고하고 2주가 지났다. 몇몇 출판사에서 검토 중이라는 의례적 답변만 있을 뿐, 출간 계약을 하자는 전화를 받지 못했다. 고민 끝에 2차 투고를 했다. 몇 시간 뒤에 한 출판사의 출판기획본부장에게 연락을 받았다.

"원고가 좋아 연락했습니다."
"감사합니다. 어떤 점이 마음에 드시는지 궁금합니다."
"유익한 정보가 많아요. 작가님 스토리가 독자에게 큰 공감을 줄 거라 기대합니다."

책이 출간되기 전날 밤이었다. '내일이면 온라인 오프라인 서점에 내 책이 진열되는구나.' 하는 생각이 들자 떨림과 설렘이 교차했다. 나를 알몸으로 세상에 내놓는 부담감과 독자들의 반응에 대한 불안함이 밀려와 잠 못 이루는 밤을 보냈다. 이제는 돌이킬 수 없다. 책이 세상 속으로 흘러 들어갔다.

격려 문자와 전화가 이어진다. "네가 이렇게 힘들었는지 몰랐구나.

어려운 시절을 보낸 너를 헤아리지 못해 미안하다.''라는 둘째 누나의 문자에 눈물이 배어 있었다. "아버지 이야기에 눈물이 많이 났어요. 글에서 강인함과 따뜻함이 느껴져요."라는 후배의 문자를 받았다. "복학하고 힘들었어요. 희망 없이 하루를 시간 때우듯 보냈어요. 책을 읽고 저도 가슴 뛰는 꿈에 대해 생각하게 됐어요."라는 독자의 말에 다시 일어서려는 몸부림이 느껴졌다.

　사촌 누나에게 전화를 받았다. 목소리가 비 맞은 나뭇잎처럼 젖어 있었다. "어젯밤에 책 다 읽었다. 잘 읽히고 재밌고 공감되더라." 누나는 책 마지막 장을 넘기며 '다람쥐 쳇바퀴 돌듯' 사는 자신의 삶을 돌아보았다고 한다. 다시 꿈을 꾸기 시작했다는 말을 남기며 누나가 전화를 끊는다.

　책이 출간된 지 2주가 흘렀다. 출판사에서 보도 자료를 언론에 배포했다. 포털 사이트에서 기사를 검색하니 아래와 같이 책이 소개되어 있다. "꿈꾸는 삶을 쟁취하는 방법, 『두려움에 딴지를 걸어라』 출간"이라는 제목과 함께.

　　"청춘기의 좌절과 방황을 딛고 성공한 사회인으로 거듭난 중년 남자가 자신의 경험을 바탕으로 정립한 40가지 역발상을 통해 단점을 장점으로 바꿔 원하는 모습으로 변신하는 법을 담은 인생 지침서가 출간됐다."

　　"저자는 자신이 겪었던 실패담과 좌절을 깊이 있게 풀어내고, 이 시기를 어떻게 극복했는지를 통해 실제적으로 도움이 되는 방법을 담았다. 저자는 독자가 두려움을 용기로 바꿔 삶을 능동적으로 이끌고 원하는 삶을 쟁취할 수 있도록 강한 희망의 메시지를 전달한다."

신문 기사 내용 중 "중년 남자"라는 단어를 보고 아내와 나는 웃음이 빵 터지고 말았다. 중년이라는 단어는 왠지 중후한 멋이 느껴져, 나와는 동떨어진 단어라 여겨졌기 때문이다. 마음은 여전히 30대 초반 청춘 같은데 어느덧 사회적 나이가 중년 남자 위치에 걸쳐진 현실에 한번 터진 웃음을 쉽사리 멈출 수 없었다. 중년이면 어떻고 아니면 어떠랴. 내 이름과 저서가 언론에 소개된 '인생 빅 이벤트'를 접하니 종일 밥을 먹지 않아도 배가 불렀다.

책이 출간되자 주변 반응이 달라졌다. 책을 읽은 지인들이 나를 "작가님"이라고 부르고 사인을 요청하며 다가온다. 지인을 데리고 구석으로 간다. "꿈은 두려움을 물리칩니다."라는 문구와 함께 내 이름을 책 앞 장에 휘갈긴다.

책이 출간되고 몇 달이 지나 아들딸과 도서관에 들렀다. 신문 코너에서 신문을 읽다가 "작가는 등단을 한 사람이 아니라, 제대로 된 책 한 권을 출간한 사람이다. 책을 쓴 사람은 작가로 첫걸음을 시작한 것이다."라는 어느 작가의 말이 와닿아 몇 번을 되새김질했다.

신문에 몰입 중인 내게 고양이처럼 살금살금 다가와 "아빠."하며 놀라게 하는 딸아이가 "좋은 소식 있어요. 도서관에 아빠 책 들어왔어요."라고 말한다. 딸은 도서관에 올 때마다 컴퓨터로 아빠 책 제목을 검색했다고 한다. 놀란 마음에 신간 코너로 발걸음을 옮겼다. 보면서도 믿기지 않는 풍경이다. 내 책이 책꽂이에 자리를 잡았다. 도서관에 내 책이 꽂힌 날에 우리 가족은 외식했다.

여섯 달 동안 몰입한 끝에 책 출간이라는 결실을 거두었다. '작가' 꿈을 이루었다. "책은 아무나 쓰니. 직장 생활이나 잘해라."라고 말한 둘째 누나가, 작가 된 동생을 가장 적극적으로 응원한다. 동네 이웃에게 내 책을 소개하며 자기 일처럼 상기된 표정으로 기뻐해 준다.

몇 년 전 가을이었다. 어머니가 계신 재활 요양 병원 주차장에 차를 세웠다. 시동을 끄려는데 라디오에서 흥겨운 리듬의 노래가 흘러나온다. 노래가 귀에 익숙하다. TV의 야구 하이라이트 프로가 끝날 때 배경음악으로 흐르던 노래였다. 라디오 DJ의 소개로 처음 알았다. 이 노래 제목이 「돌멩이」라는 걸.

시동을 끄지 않았다. 눈을 감고 노래를 끝까지 들었다. "나는 돌멩이. 이리 치이고 저리 치여도 굴러가다 보면 좋은 날 오겠지. 내 꿈을 찾아서 내 사랑 찾아서 나는 자유로운 새처럼 마음껏 하늘을 날고 싶어."라는 가사가, 내가 살아온 인생 스토리였다. 노래가 주는 메시지가, 인생 후반전을 '꿈꾸는 돌멩이'로 살고픈 내게 딱 맞았다.

3

퇴근 후 작가

작가로 변신해 직장에 돌아왔다. 휴직 전보다 직장 생활에 활력이 넘친다. 직장 업무와 인간관계에 매몰되어 내면의 목소리를 외면하던 휴직 전의 내가 아니다. '글쓰기가 쏘아 올린 희망' 덕분에 직장 생활 2막이 활기차게 펼쳐질 거라는 기대감이 상승한다.

복직하고 몇 개월이 지났다. 어느 날 잠자리에서 아들이 질문 하나를 던진다. 움찔했다. 질문이 창끝처럼 예리했다. "책을 쓰고 달라진 점이 뭐예요?" 아들 물음에 바로 대답하지 못한다. '책을 쓰기 전과 지금 생활이 뭐가 달라졌을까?' 사색에 잠긴다. 몇 가지 변화가 감지된다.

첫째, 나 자신을 존중하는 마음이 커졌다. 책 한 권에 그간 살아온 인생을 담았다. 에피소드를 하나씩 글로 쓰는 과정에서, 복잡했던 생각과 감정이 정리됐다. 힘겹게 살아온 나를 격려하지는 못할망정 홀대하고 방치한 자신을 반성했다. 나를 아끼는 마음이 샘솟으니 다른 사람도 소중하게 느껴진다. 자신을 사랑하는 사람이 다른 사람도 사랑할 수 있다는 말처럼.

둘째, 생각 그릇이 넓어졌다. 글을 쓰며 주변을 관찰하는 습관이 생겼다. 다른 사람의 말과 행동에 관심을 기울이며, 그 이유에 대해 생각한다. 생각이 숙성되기를 기다린다. 직장에서 부서장, 직원들과 상호 작용하는 과정에서 때로 불편한 감정이 싹튼다. 퇴근하고 마음을 가라앉힌다. 그들 처지에서 생각해 본다. 시간이 지나며 '그럴 수 있겠다.' 하고 이해가 된다. 생각하고 이해하니 직원과 부딪힘이 거의 사라진다.

셋째, 직장 보고서를 대하는 마음가짐이 달라졌다. 단어, 조사 하나에도 신경을 쓴다. 보고서 도입, 중간 내용 연결, 마무리 흐름이 논리적으로 자연스러운지 살핀다. 통계, 인용 등 적절한 사례를 중간에 배치한다. 두 번 세 번 고치며 완성도를 높인다. 보고서 작성이 마치 책의 한 꼭지 제목을 쓰는 과정처럼 꼼꼼해진다. 어느 날 퇴근 무렵에 부서장이 나를 불러 "보도 자료 좀 다듬어 주겠나?" 하고 말한다. 보도 자료 제목부터 본문까지 손을 댄다. 부서장이 보더니 제목이 눈에 쏙 들어오고 본문이 간결해졌다며 흐뭇한 표정을 짓는다.

책을 쓴 후 달라진 점에 대해 두런두런 얘기하는 사이에 아들 눈이 감겼다. '쌔액쌔액' 방안에 아들이 내쉬는 숨소리만 들린다.

퇴근하면 나는 다른 사람이 된다. 직장인에서 작가로 의식을 전환한다. 작가라는 '부캐'가 깨어난다. 집에 돌아오면 간편복으로 갈아입는다. 집 주변 공원을 걸으며 마음을 정돈한다. 흘린 땀을 샤워로 씻어 내고 '하루 2막'을 연다.

나의 '쿼렌시아(querencia, 스트레스와 피로를 풀며 안정을 취할 수 있는 공간)'인 안방 작은 책상 앞에 앉는다. 눈을 감고 포스트잇에 적힌 글감을 떠올리며 생각에 잠긴다. 노트북을 켜고 심상이 떠오른 글을 완성한다. 하나의 글을 끝내고 나면 성취감이 온몸을 타고 흐른다. 내가 살아 있음을 느낀다.

책을 내니 주변에서 '작가'라고 부른다. 작가는 영어로 'writer', 글 쓰는 사람이다. '내가 작가라고 불릴 자격이 있나?'라고 스스로에게 묻는다. '너는 왜 글을 쓰니?'라는 질문을 덧붙인다. 계속해서 글을 쓰는 이유를 곰곰이 생각해 본다. 몇 가지 이유가 떠오른다.

삶을 기록으로 남기기 위해서다. '추억을 기록하면 역사가 된다.'라는 말이 있다. 소중한 나날들, 좋아하는 사람들과의 동행을 추억으로만 흘려보내지 않으련다. 예쁜 모습을 사진 찍어 앨범에 보관하듯 추억을 글로 남겨 가슴에 새기고 싶다.

작가로 불리기에 부끄럽지 않게 내실 있고 진정성 있는 사람이 되기 위해서다. 글은 쓸수록 실력이 향상된다. 쓰다 보면 새로운 게 보이고 참신한 표현이 떠오르기 마련이다.

책을 출간하고 얼마 지나지 않아서 고등학교 3학년 여학생이 "안녕하세요. 작가님 책 읽고 궁금해서 블로그 찾아왔어요. 저도 이제 두렵다고 피하지 않을래요."라고 블로그에 글을 남겼다. 며칠 후 "기쁜 소식 전해요. 학교 책 소감 발표회에서 작가님 책으로 대상 받았어요."라는 추가 메시지를 남긴다. 고3 여학생에게 힘이 되었듯 진정성 있는 글을 계속 써서 읽는 이에게 용기를 주고 싶다.

내면이 치유되고 단단해지기 위해서다. 글을 쓸 때는 다른 사람 기분을 살피거나 신경 쓰지 않아도 된다. 오로지 내면을 살피고 자신을 토닥이는 시간이다. 내면의 아픔을 글에 하나둘 꺼내 담으면서 상처가 아물어 가는 걸 느낀다. 상처에 새살이 돋아나고 비 온 뒤 굳은 땅처럼 내면이 단단해지는 것을.

어느덧 복직한 지 1년이 훌쩍 넘었다. 여전히 퇴근하고 글을 쓴다. '퇴근 후 작가'라는 직업인으로 자리 잡았다. '퇴근 후 작가'로 살아가며 누리는 유익을 헤아려 보면 열 손가락으로도 모자라다. 그중 몇 가지를 소개한다.

첫째, 나를 객관적으로 바라보고 올바른 결정을 내릴 수 있는 여유가 생긴다. 아무리 생각이 많고 복잡한 감정이 들더라도 '글쓰기 세상'에 빠져 한두 시간 글을 쓰다 보면 폭풍 뒤에 잠잠해진 바다처럼 마음이 차분해진다. 글이라는 매개를 통해 나를 다른 각도로 바라보며, 감정에 치우친 결정을 줄이고 이성적으로 상황을 판단할 힘을 얻는다.

둘째, 신경을 다른 곳으로 돌려 회사에서 받는 스트레스를 떨쳐 낸다. 업무와 인간관계에서 오는 스트레스로부터 자유로운 직장인은 없다. 글을 쓰는 동안에는 회사 생각이 나지 않는다. 퇴근 후에는 회사의 상황이 나를 사로잡지 못한다. 몰입이 주는 힘이다. 글쓰기에 몰입하는 동안 회사 스트레스는 저만치 멀어진다.

셋째, 계속 변화하고 성장하는 나를 발견한다. 글을 쓴다는 건, 생각한다는 말과 같다. 생각하지 않고 글을 쓰는 건 불가능하다. 주변에서 일어나는 현상과 사람들이 주고받는 대화를 관찰하고 내가 겪은 경험을 '생각 우물'에 빠뜨려 깨달음을 길어 올려야 좋은 글을 쓸

수 있다. 글을 쓰면서 생각이 깊어지고, 깊어진 생각으로 실수가 줄어든다. "글을 쓰면서 당신 많이 변했어요. 자존감이 높아지고 다른 사람 의식하는 게 줄었어요."라고 아내가 말한다. 글을 쓰며 어제보다 긍정적인 모습으로 성장하는 나를 발견하는 기쁨은 보너스다.

'책을 쓴 후 일어난 변화', '계속 글을 쓰는 이유', '퇴근 후 작가로 살며 얻는 유익'을 정리하다 보니 마음 부자가 된 기분이다. 퇴근 후 작가로 살아가는 덕분에 '직장인'과 '작가'라는 간극을 통해 삶의 여유와 균형을 유지할 수 있다는 걸 깨닫는다. '해야 하는 일'과 '하고 싶은 일'을 오가는 동안 '인생 정원'에 다채로운 꽃이 피어오르는 걸 목격한다.

퇴근 후 작가로 살아가며 감사, 사랑, 기쁨, 설렘, 기대와 같은 감정이 마음 창고에 차곡차곡 쌓인다. 마음에 쌓이는 선한 감정과 생각을 진솔한 글로 풀어내어 프리지어 꽃처럼 향기 나는 작가로 기억되고 싶다.

4

강연 무대를 꿈꾸다

　직장에서 교육 연수 업무를 담당했다. 외부 강사를 섭외하고 회원 기관 직원을 모아 2박 3일 동안 집합 연수를 진행했다. 교육의 질은 전적으로 강사의 컨디션이 좌우한다. 교육장에 들어오는 강사에게 "처음 뵙겠습니다. 반갑습니다." 하고 환영 인사를 건넨다. 미리 마이크를 세팅하고 강연 탁자에 물과 다과를 준비하는 건 기본이다.

　강사가 청중에게 재치 있는 오프닝 멘트를 날린다. 감동적인 말로 담백하게 강연을 마무리한다. 2년 동안 교육 연수 업무를 담당하며 약 육십 명의 강사를 만났다. 그들이 강연 무대에 서는 걸 볼 때마다 생각 하나가 마음 밭을 뚫고 싹트기 시작했다. '나도 저 무대에 서고 싶다.'

　『두려움에 딴지를 걸어라』 초고를 완성한 날에 글 쓰느라 몇 달 동안 수고한 나 자신에게 새 정장을 선물했다. 언제 강연 무대에 오를지 기약은 없지만, 강연가에게 필수품인 정장을 미리 준비하고 싶었다. 강연가라는 꿈을 향해 한 걸음 다가선 몸짓이었다. 매장에서 걸쳐 본

새 정장을 집에 와서 제대로 입어 봤다. 거울 속에 비친 내 모습을 바라본다. 강연가의 '날개'를 달았다. 이제 날개를 펼치고 날아오를 일만 남았다.

책을 출간하고 작가라는 월척 꿈을 낚았다. 다음 꿈을 향해 전진한다. 강연가의 꿈을 낚으려고 낚싯대를 손질한다. 내 책을 강연 콘텐츠로 활용한다. 책 내용을 토대로 강연 자료를 구상한다. 책으로 묶인 글을 읽으니 느낌이 새롭다. 글을 쓰다가 오열했던, 아버지에 관한 내용에서 다시 엎드러지고 만다. 세면대로 가서 얼굴을 씻는다. 파워포인트 자료에 감동을 고스란히 담는다.

강연가 자신이 먼저 감동하는 강연을 하고 싶다. 내가 먼저 공감되는 스토리를 전하고 싶다. 깊은 산속 메아리처럼 청중에게 여운 있는 울림을 주고 싶다. 확신한다. 강연장에서 청중과 함께 웃고 웃을 그날이 오고 있음을. 생각한다. 강연가에게 가장 중요한 건 청중을 배려하는 진정성 있는 마음이라고. 앞으로 만날 사람들, 함께 소통할 사람들을 상상한다. 생각만 해도 설렘 기대 기쁨이 마르지 않는 샘물처럼 솟아오른다.

스피치에 관한 자기 계발서를 읽었다. 강연 태도, 방법을 배우기 위해서다. 강연 내용이 오프닝 멘트, 본문 내용 전개, 클로징 멘트로 구성되어 있다는 걸 알았다. 무작정 하고 싶은 말을 전하는 게 아니었다. 강연 자료에도 다 계획이 있었다. 임기응변이 아니었다. 몸짓, 유머, 목소리 높낮이까지 철저한 계산이 필요함을 깨달았다. 강연에 대해 알수록 부족함을 느꼈다.

서울 생산성본부에서 주관하는 '프레젠테이션 스킬' 교육 과정에 등록했다. 2박 3일 과정을 이수하며 기대 이상의 배움을 얻었다. 가려웠던 부분이 대부분 해소됐다. 인상적인 오프닝, 감동 주는 클로징, 논리 정연한 본론 전개, 손동작, 몸 움직임, 시선 처리, 포인터 사용법을 배웠다. 파워포인트 자료는 시각 효과를 돕는 보조 수단으로만 활용하라는 가르침이 인상적이었다.

쉬는 시간에 강사에게 "제가 만든 강연 자료를 봐주실 수 있나요?"라고 부탁한다. 강사가 내 노트북을 교육장 앞으로 가져가더니 다른 수강생과 같이 살펴보면 도움 된다며 빔 프로젝터 화면에 띄운다.

슬라이드 표지, 목차, 본문, 디자인 등 강사의 날카로운 피드백 하나하나가 값지다. 배우는 과정에서 적극성은 윤활유다. 질문은 가르침을 얻는 지름길이다. 사흘 동안 강사에게 묻고 또 물었다. 성심껏 답변해 준 강사에게 교육 마지막 날에 고마움을 표현한다. 점심 식사를 마치고 강사 책상에 수박 셰이크를 올려놓는다.

강연가라는 인생 방향을 잡았다. '뜻이 있는 곳에 길이 있다.'는 말처럼 강연에 뜻을 두니 도움 주는 사람이 생기고, 관련 책과 교육 과정이 눈에 들어온다. 하나둘 준비되고 체계가 갖춰진다.

딸아이와 도서관 나들이 중이었다. 도서관 안내판에 붙은 '저자 강연회' 공지가 눈에 들어왔다. 마침 강연 날에 나는 특별한 일정이 없었다. 다른 작가 강연을 들으면 강연 준비에 도움이 될 것 같아 저자 강연회에 참석했다.

작가는 화가이자 시인이었다. 시집 강연회였다. 저자 배경을 미리 확인 못 해서 당황스러웠다. 나는 시에 문외한이었기 때문이다. 호기심 반 두려움 반으로 강연을 들었다. 작가는 산책하며 사색하다가 시를 쓴다고 한다. 오전에 한밭수목원을 걸으며 영감과 시어가 떠오를 때마다 쓴 시를 모아 시집으로 묶었다고 설명한다.

저자 강연이 끝났다. 여섯 명이 참석한 소그룹 강연회였다. 작가는 참석자 모두에게 자신이 쓴 시집을 선물했다. 다른 사람들이 책에 사인 받는 걸 기다린 후 마지막으로 작가에게 다가가 말한다.

"저도 제 책을 드리고 싶네요."
"어머, 작가님이셨군요."
"함께 사진 한 장 찍어도 될까요?"
"네, 그럼요!"

사진을 찍으려는 순간이었다. 사인 받고 뒤에 서서 우리를 쳐다보던 남자 두 명이 한마디씩 번갈아 가며 툭 말을 던진다.

"요구 사항도 많네."
"욕심도 많고."

잘못 들은 줄 알았다. 작가와 작가가 만나 서로의 책을 교환하며 기념사진을 남기는 건 작가 세상에서 즐거운 일이다. 사진을 찍은 후 포커페이스를 유지한 채 짐을 챙겨 강연장을 빠져나왔다. 더 황당한 건, 그 두 사람이 자기들도 작가와 사진을 찍고 싶다고 앞으로 나가는 모습이었다.

도서관 1층 화장실에 들어갔다. 방금 그 두 명 중 한 명인 할아버지가 화장실에 들어왔다. 순간 "조금 전에 하신 말씀이 무슨 뜻입니까?" 하고 따지고 싶은 마음이 올라왔다. 하지만 그럴 수 없었다. 말없이 화장실을 빠져나왔다. 상대방이 생각 없이 내뱉은 말에 반응해 봐야 나만 손해일 것 같았다.

저자 강연회 참석 후 점심 약속 장소로 이동했다. 평소 안부 물으며 지내는 선배와 분위기 좋은 일식집에서 만났다. 나를 보자마자 선배가 "책 잘 읽었어. 육아휴직 중에 작가님으로 멋지게 도약하다니. 책 쓰느라 애쓴 작가님에게 오늘 점심은 내가 쏜다."라며 목소리를 높인다.

맛있는 음식이 눈앞에 널려 있지만 식사를 즐길 수 없었다. 조금 전 참석한 강연회에서 들은 "욕심도 많네."라는 말이 마음을 찌르고 있었기 때문이다. 점심을 먹고 카페로 자리를 옮겼다. 커피를 기다리는 동안 선배에게 불편한 마음을 털어놓았다. 선배와 대화를 주고받는 사이에 마음이 점점 가라앉고 상황이 선명히 보이기 시작하더니 깨달음이 찾아온다.

'훗날 강연 무대에 서면 다양한 청중을 만날 거야. 우호적인 사람도 있겠지만, 표정부터 반감이 읽히는 사람이 왜 없겠니. 기분 나쁜 청중을 만났을 때 내 안색이 변한다거나 눈빛이 차가워지면 강연장 분위기가 얼어붙을 거야. 강연가로 무대에 설 때 청중 반응에 유연하게 대응하자.'라는 생각이 내면을 다스린다.

강연 무대에 서기 전에 예방주사를 맞은 기분이다. '나는 과연 어떤 강연가로 성장해 나갈까? 앞으로 어떤 무대가 내 앞에 펼쳐질까?' 생각만 해도 가슴이 두근거린다.

5

오아시스

"작가님, 안녕하세요!"

2019년 12월 평일 오후였다. 탁구장에서 아들에게 연습 공을 뿌려 주다가 전화를 받았다. 관세청 부산 세관 직원이었다. 직원의 설명이 이어진다. 세관장이 내가 쓴 책을 읽고 크게 공감했다고 한다. '밀레니얼 직원 워크숍 오프닝 무대'에서, 직장 생활 중 자기 계발이 필요하다는 메시지를 직원들에게 전해 달라는 세관장의 말을 내게 전한다.

책 출간한 지 4개월째에 들어온 첫 강연 요청이다. 워크숍 장소가 통영이다. 강연 대상이 20대 밀레니얼 세대 50명과 40, 50대 멘토 선배들 30명이다. 수년 전부터 꿈꿔 온 강연 무대에 오르기 직전이다. "예스!" 하고 소리 지르며 탁구채를 들고 있는 아들을 껴안는다. 빠르게 뛰는 심장을 손으로 진정시킨다.

청중을 상상하며 그들 마음속을 탐사한다. 밀레니얼 세대 직원의 관심사는 무엇일까. 또 40, 50대 선배 직원의 고민은 무엇일지, 눈을 감고 생각에 빠진다. 밀레니얼 세대 직원은 이성 교제, 결혼, 상사와의 관계가, 선배 세대 직원은 자녀 교육, 승진, 인생 방향, 병약해진 부모가 그들의 마음을 무겁게 만드는 요인일 거라는 생각에 다다른다.

좋아하는 일을 할 때는 밤늦게까지 해도 피곤함을 모른다. 식사 때가 돼도 밥 생각이 나지 않는다. 청중에게 하나라도 도움 되는 말을 하기 위해 발표 자료를 꼼꼼히 점검하고 강연 원고를 다듬는다. 오랜만에 느끼는 가슴 두근거림에 뇌가 싱싱해진다. 설렘과 긴장이 전신의 세포를 깨우고 마음에 생기를 불어넣는다.

잠시 눈을 붙이고 새벽에 다시 눈을 떴다. 정신이 뚜렷해져 이불을 제치고 거실로 나왔다. TV를 켜고 영화 채널로 돌렸다. 「서른아홉, 열아홉」이라는 제목이 특이하다. 잠시 보고 끄려다가 묘하게 영화에 빨려 들어간다.

일 중독에 빠진 서른아홉 여자와 열아홉인 남자 대학생의 사랑 이야기다. 스무 살이라는 나이 차이답게 남녀 주인공의 가치관, 사고방식, 생활 모습이 마치 서로 다른 도형처럼 큰 차이를 보인다. 영화를 보던 중 내 머리에서 전구가 반짝한다. 나와 스무 살 가까이 차이 나는 밀레니얼 세대와의 소통에 힌트를 얻었다.

'틀에 박힌 강연자의 모습에서 벗어나자. 어설픈 조언을 하기보다 나만의 진솔함을 무기로 진정성 있게 그들에게 다가가자. 10대 시절 죽고 싶을 만큼 바닥으로 떨어졌던 내가 어떻게 두려움을 뛰어넘었는지, 인생 후반전을 사는 지금 어떤 꿈을 실현하고 있는지 청중에게 나누자.'라고 강연 콘셉트를 바꾼다.

마무리했던 강연 원고에 대대적인 공사를 시작한다. 새벽 5시부터 원고를 수정하다 보니 어느덧 아침 8시다. 창밖에 떠오른 햇살이 눈부시게 환하다. 기지개를 켜며 노트북을 덮는다.

마침내 강연 날 아침이다. 옷장 문을 연다. 강연을 위해 미리 사 둔 정장을 바라본다. "드디어 너를 꺼내는구나." 하고 혼잣말하며 큰 숨을 내쉰다. 가족과 인사하고 현관문을 나선다. 차에 몸을 싣고 통영을 향해 달린다. 대전 통영 간 고속도로가 시원하게 뚫려 있다. 고속도로 휴게소에 들러 스트레칭으로 몸을 가볍게 풀어 준다. 다시 힘을 내어 목적지로 향한다.

통영 앞바다가 눈에 들어온다. 탁 트인 파란 풍경에 장시간 운전 피로가 파도 거품처럼 부서진다. 리조트 건물 3층으로 올라간다. 친절한 안내판이 나를 맞이한다. 전화로 통화했던 직원과 강연장 입구에서 서로 마주한다. 밀레니얼 세대인 90년생 여성이다. 하이파이브로 인사를 나눈다. 첫 대면이지만 마음이 통함을 느낀다.

강연장에 들어선다. 플래카드가 눈길을 끈다. 원탁 세팅과 강연장 뒤에 병풍처럼 펼쳐진 바다가 환상 조합이다. 화려한 첫 무대를 눈으로 보니 가슴이 쿵쾅댄다. 발표 자료를 시현해 본다. 파워포인트 슬라이드 넘김과 동영상 재생까지 세심하게 점검한다.

진행을 돕는 직원들과 악수하며 어색함을 푼다. 직원들끼리 나누는 대화를 들으며 직장 분위기를 파악한다. 드디어 무대에 오른다. "안녕하십니까, 양병태 작가입니다."라고 인사하며 내 소개로 강연을 시작한다. 강연은 강의가 아니다. 청중과 호흡해야 한다. 중간중간 준비한 질문을 던진다.

"밤잠 못 이룰 정도로 두려움에 사로잡힌 경험이 있나요?"

"살면서 방황을 딛고 시도한 도전은 무엇인가요?"

"마음에 묻어 둔 꿈은 무엇인가요?"

20대 젊은 직원들 답변이 직설적이고 솔직하다. 진솔하게 답변한 분들에게 미리 준비한 책을 선물한다. "와!" 하고 탄성이 터진다. 선물을 주는 사람도 받는 사람도 풍년 맞은 농부처럼 기쁨이 넘친다. 청중과 함께 웃고 눈을 마주치며 대화하는 동안 두 시간이 흘러간다.

허리를 숙이고 무대에서 내려온다. 박수 소리가 따뜻하다. 선배 세대 직원 한 분이 강연장 밖까지 따라 나와 내 손을 잡으며 "작가님, 강연 감동이었습니다."라고 말한다. 네 시간이 걸리는 남해까지 달려와 전한 내 메시지에 공감해 주는 분을 만나니 순간 울컥한다.

주차장으로 발걸음을 옮긴다. 차에 올라타기 전에 강연장이 있는 리조트 건물로 시선이 향한다. 그 순간 휴대폰이 울린다. 부산 세관장이 보낸 문자다. "준비 많이 하셨네요. 진솔한 강연 좋았습니다. 감사합니다."

한참을 운전하고 고속도로 휴게실에 들어선다. 커피를 주문하고 의자에 앉는다. 손이 떨린다. 간신히 아메리카노 한 모금을 넘긴다. 여전히 얼떨떨하다. 강연을 마친 게 실감이 안 난다. 숨을 고르고 강연했던 모습을 복기하는데, 때마침 워크숍 담당자에게 연락이 온다.

"작가님 나가시고 강연 내용으로 직원들과 대화를 나누었어요. 젊은 세대가 고민하는 부분을 재미있게 풀어 주셨다는 게 직원들 반응이에요."

청중 반응이 궁금했던 터다. 가슴을 쓸어내린다. 밀레니얼 세대와 선배 직원들이 모두 공감해 줘 안심이다. 긍정적인 청중 반응을 듣고서 편안해진 마음으로 남은 커피를 마셨다.

탄탄대로일 것만 같던 인생 길목이 막혀 한때 더위와 목마름으로 신음했다. 갈증을 없애려 무언가를 찾아 헤맸다. 드디어 찾았다. 무엇이 나의 목마름을 해결해 주는지 발견했다.

'오아시스(Oasis)'. '사막 가운데에 샘이 솟고 풀과 나무가 자라는 곳', '위안이 되는 사물이나 장소를 비유적으로 이르는 말'을 뜻한다. 꿈에 그리던 '강연 무대'가 메마른 토양 같던 마음에 상쾌함을 선물한다. 사막 같던 내 삶에 오아시스가 생겼다.

6

인터뷰 당하다

"큰누나 집에 일요일에 가요. 함께 저녁 식사 어때요?"
"좋아. 그때 보자."

고향 친척들이 공교롭게도 판교에 몰려 산다. 2년 전 판교에 사는 큰누나 집에서 사촌 형제와 함께 모였다. 결혼한 조카 부부도 동참했다. 평소 도서관처럼 조용했던 누나 집이 사람들로 북적인다. 오랜만에 만나 서로 인사 나누기 바쁘다.

사람들이 모두 모이자 누나가 바삐 움직인다. 손이 빠른 누나가 주방에 몇 번 다녀오니 금세 수육, 닭 요리, 부침개 등 식탁이 푸짐해진다. 다들 맛있다며 음식을 입에 가져가기 바쁘다. 정성껏 준비한 음식을 먹는 데 집중하느라 갑자기 주위가 조용해진다. 식사를 마치자 과일과 국화차가 후식으로 이어진다.

한 명 두 명 사는 이야기를 나누기 시작한다. 대화 분위기가 점점 무르익는다. 갑자기 사촌 누나가 화제를 바꾼다. "병태야, 책 출간 축하해. 얘가 삼촌 인터뷰하고 싶대."라며 옆에 앉아 있는 조카를 손으로 가리킨다.

명절에 가끔 보는 조카는 고등학교 2학년 여고생이다. 조카는 시, 소설을 쓰는 문학인이 되는 게 꿈이다. "삼촌 책을 읽고 감동받았어요. 저자 인터뷰 가능할까요."라며 조카가 내게 인터뷰를 요청한다. 농담으로 생각하고 웃어넘기려고 했다. 하지만 진담이라는 걸 깨닫기까지 몇 초가 안 걸렸다. 내 얼굴을 응시하는 조카 눈빛이 살아 있었다. '지금 이 아이는 진지하구나.' 하는 자각에 옷매무새를 바로잡았다. 얼굴에서 웃음기를 지웠다.

사촌 누나, 조카, 나 셋이 거실에서 일어나 옆방으로 자리를 옮겼다. 조카와 내가 나란히 침대에 걸터앉는다. 사촌 누나가 우리 앞에서 휴대폰으로 동영상을 찍을 자세를 취한다. 조카와의 예상치 못한 인터뷰가 시작됐다. 조카가 아나운서처럼 또박또박 똑 부러지게 도입 멘트를 시작한다. 책 내용을 관통하는, 송곳처럼 예리한 질문을 다섯 가지 던진다. 어느새 인터뷰에 푹 빠져든다.

"책을 쓸 때 어디서 영감을 얻나요?"

"고등학교 때 좌절을 겪으셨네요. 숨 가쁜 경쟁을 하느라 힘든 10대에게 해 주고 싶은 말은 무엇인가요?"

"오랫동안 직장 생활하며 지금까지 술을 마시지 않는 소신은 어디서 오나요?"

"작가님 인생에서 신앙은 어떤 의미인가요?"

"마지막으로 이 책을 통해 독자에게 전하고 싶은 메시지는 무엇인

가요?"

5분 정도로 예상했던 인터뷰가 30분을 넘겼다. 조카는 미리 마음 먹고 인터뷰를 준비한 거다. 조카의 기습 인터뷰에 당했다. 인터뷰를 마치고 거실로 나왔다. 사촌 형이 나를 보자마자 "얼굴이 노랗다."라며 웃었다. 거실에서 차를 마시던 다른 사람들도 "왜 이렇게 오래 걸렸어." 하며 한바탕 웃는다.

밤이 깊어졌다. 친척들이 다음 만남을 기약하며 하나둘 자리에서 일어났다. 사람들이 떠나고 집이 조용해진다. 방으로 돌아와 벽에 등을 기대고 앉아 눈을 감는다. 조카와의 인터뷰 장면이 스쳐 간다. 전화벨이 울린다. 전화벨 소리가 꼬리에 꼬리를 물던 생각을 멈춰 세운다. 인터뷰 영상을 찍으며 눈물 훔치던 사촌 누나였다. "인터뷰 감동이었대. 우리 집안에 삼촌 같은 사람이 있어 감사하단다."라며 조카의 말을 내게 전해 준다.

사촌 누나의 말에 책을 쓴 보람을 느낀다. 좌절을 딛고 꿈을 이루며 살아가는 삼촌을 보며 조카가 용기를 얻었다는 말에 가슴이 찌릿하다. 잠자리에 눕는다. 갑작스러운 인터뷰에 긴장했나 보다. 눕자마자 스르르 눈이 감긴다.

아침 햇살이 블라인드 사이로 스며든다. 휴대폰을 켠다. '딩동'. 사촌 누나가 보낸 문자가 들어온다. 어제 촬영한 인터뷰를 조카가 블로그에 올렸다는 소식이다. 이부자리에서 벌떡 일어난다. 눈을 비비고 인터넷 창을 열어 내 책 제목을 검색어로 입력한다. 사실이었다. 인터뷰 동영상이 네이버에 고스란히 게시되었다. 큰누나와 아침 식사하며 동영상 얘기를 나눈다. 누나가 바로 검색해 보더니 "조카가 삼촌 홍보해 주네." 하고 말하며 흐뭇해한다.

모닝커피를 마신 후 집으로 돌아갈 채비를 한다. 판교에서 대전으로 차를 몬다. 라디오에서 흘러나오는 음악을 들으며 즐기는 드라이브에 콧노래가 절로 난다. 대전 톨게이트를 빠져나왔다. 단풍으로 물든 가로수 잎들이 어서 오라고 나를 반겨 준다. 갑자기 전날 인터뷰 상황이 떠오른다. 조카와 진지하게 나눈 질문과 대화가 생생하다. 눈물샘이 터진다. 이유를 모르겠다. 눈부심을 방지하려고 낀 선글라스 아래로 하염없이 흘러내린다.

사촌 누나와 판교에서 만난 지 두 해가 흘렀다. 토요일 오전에 평소처럼 글을 쓰는 중이었다. 사촌 누나에게 전화가 걸려온다. 누나 목소리에 기분 좋은 흥분이 섞여 있다. 안부 몇 마디를 나누다가, 조카가 원하는 대학의 문예창작과에 합격했다는 희소식을 전해 준다. 몇 초 동안 말을 잇지 못했다. 숨죽인 놀람이 기쁨으로 폭발한다. "와! 조카가 대단하네요."라고 축하하며 기쁨을 두 배로 늘린다.

고등학교 2학년 때부터 "글 쓰는 사람이 될 거예요."라며 자신의 인생 항로를 정하고 노력한 조카. 2년 전 깜짝 인터뷰로 삼촌을 진땀 나게 한 여고생이 21학번 새내기 대학생이 되었다는 사실에 온종일 기분이 좋았다. 책 읽기와 글쓰기를 좋아하는 조카가 자신이 원하는 학과에 진학해 꿈을 향해 한 걸음 전진한다. 방금 핀 꽃보다 싱그럽고 아름다운 스무 살의 청춘이 자신이 좋아하는 일, 잘하는 일을 하면서 행복하고 당당하게 인생을 개척해 나갈 것을 생각하니 내가 다 설렌다.

안방에 '드림 보드'를 세워 놨다. 드림 보드에 인생 후반전에 이루고 싶은 꿈을 사진으로 붙여 놨다. TV·라디오 출연 사진을 드림 보드 한가운데에 붙였다. 꿈을 성취하는 날이 앞당겨지도록 '꿈 사진'을 매일 바라본다. 방송에 출연한 건 아니지만 인터뷰의 꿈을 이루었다. 앞으로 누구와 인터뷰하더라도 조카와의 인터뷰처럼 강렬하지는 않을 것 같다. 조카에게 당한 첫 인터뷰가 내 심장에 오롯이 새겨졌기에.

7

진심은 통한다

매일 칼럼을 챙겨 읽는다. 글쓰기에 도움 된다는 말에 시작한 칼럼 읽기가 일과 중 하나로 자리 잡았다. 논리 정연하고 수준 높은 글을 통해 참신한 표현, 잘 읽히는 서술어 처리, 주장을 뒷받침하는 적절한 사례 인용 등을 익히며 마치 글쓰기 수업을 받는 듯 배우는 자세로 칼럼을 대한다.

사전에 따르면 '칼럼'이란 '특정한 저자가 특정한 주제에 대하여 정기적으로 신문이나 잡지에 쓰는 글'이다. '칼럼니스트'는 '신문이나 잡지에 칼럼을 쓰는 사람'을 뜻하며 '시사 평론가' 또는 '특별 기고가'로 불리기도 한다.

몇 년째 여러 신문에 기고된 칼럼을 집중해서 읽다 보니 각 분야의 시사에 저절로 눈을 뜨게 된다. 정치, 경제, 사회, 외교, 문화 현상을 깊게 들여다보는 시선이 생긴다. 칼럼 읽기가 글쓰기 능력 향상에 도움을 주는 차원을 넘어, 국민의 한 사람으로서 국가 전반에 걸친 관심 제고로도 이어진다.

칼럼은 여론 형성에 중요한 역할을 한다. 독자는 칼럼 내용을 토대로 사회현상을 판단하기 때문이다. 기고자가 양심을 걸고 사실 위주의 균형 잡힌 내용을 담아야 하는 이유다. 신문별 기고가들의 논조 차이가 느껴진다. 어떤 칼럼은 한쪽으로 치우친 듯한 느낌을 받는다. 다음부터는 그 기고자가 쓴 칼럼은 읽지 않고 지나친다.

책에 관심을 두다가 책을 썼듯이, 칼럼을 읽다 보니 칼럼을 써 보고 싶은 의욕이 올라온다. 평소 관심 있는 분야에 대한 자료를 모으고 생각을 정리해 「진심은 통한다」, 「연결되지 않을 권리」라는 제목으로 칼럼을 써 보았다.

「진심은 통한다」

2년 전에 블로그를 개설했다. 글쓰기 연습장 용도였다. 블로그에 책을 읽은 소감과 일상을 기록하며 필력을 끌어올렸다. '작가'의 꿈을 품었기에 훗날 출간할 저서 홍보를 위한 플랫폼 기능도 기대했다.

내가 블로그를 시작했다고 하니 주변 사람들이 "블로그 이웃 수를 늘려야 해요."라고 귀띔해 준다. 그 말에 벌이 꿀을 얻기 위해 동분서주하듯 다른 사람들 블로그를 이리저리 탐방하며 관심 가는 이웃에게 '서로 이웃'을 신청했다. 늘어나는 이웃 수를 보며 웃음 지었다. 하지만 그 즐거움은 잠깐이었다. 우후죽순 늘어나지만 '나와 소통하지 않는 이웃이 무슨 의미가 있을까.' 하는 의문이 들기 시작했다.

블로그 명이 '꿈을 낚는 인생 후반전'이다. 닉네임은 '드림 피셔(Dream Fisher)'다. '꿈을 낚는 어부'라는 뜻이다. 40대 중반이 되어 인생 후반전을 뛰면서 마음속 꿈을 하나둘 이뤄 가는 여정을 에세이로 써 내려가는 중이다. 꿈은 이루어진다. '자기 계발서 작가', '강연가'라는 꿈을 성취했다.

'양병태 작가 에세이 홈'으로 블로그 정체성이 뚜렷해지면서, 내가 쓴 글을 보고 서로 이웃을 신청하는 이웃이 조금씩 늘고 있다. 대놓고 상업적으로 접근하는 이웃 신청은 죄송하지만 거절한다.

많은 사람이 블로그, 카페, 인스타그램 등 인터넷 기반 플랫폼을 수익 창출 수단으로 삼는다. 마케팅에 영혼을 판 사람은 이웃 수가 축적된 블로그나 회원 수가 많은 카페를 돈 주고 사기도 한다. 서로 이웃 신청이 들어와서 상대방 블로그에 들어갔다가 놀란 게 여러 번이다. 회원 수가 몇만 명에 누적 조회 수가 몇십만 번이라고 표시는 되어 있지만 포스팅 내용은 전혀 없었기 때문이다.

특정 주제를 조회하다가 들어가 본 어떤 카페는 회원 수는 몇천 명이지만, 빈번하게 방문하는 사람 수는 열 명 남짓에 불과하다. 카페 등급을 올리기 위해 카페지기만 부지런히 글을 게시할 뿐 회원 게시물은 찾아볼 수 없다. 이웃 수나 회원 수는 '허수', '허상'이라는 생각이 든다. 블로그 이웃이 수백 명 수천 명인들 진심으로 소통하는 사람은 손에 꼽을 정도로 적으니 말이다.

2020년 10월 6일 자 『한국경제신문』에 「개업 점포 등치는 맘카페 '가짜 리뷰'」라는 제목의 기사가 실렸다. 마케팅 대행사가 창업한 지 3년이 안 된 자영업자를 표적 삼아 '맘카페 침투 패키지'를 판매하는 일이 만연하고, 맘카페에 가짜 리뷰(구매 후기)가 판치고 있다는 내용이다.

맘카페에 게시되는 '실제 경험담처럼 포장된 리뷰'는 건당 7만 원에 거래되고 있다고 한다. 온라인에서 화장품 판매업을 영위하고 있는 B사 관계자는, 맘카페 홍보가 매출 증가에 도움 되지만 돈 주고 산 리뷰로 소비자를 속이는 것 같아 찜찜하다고 고백했다. 진심을 담은 제품을 생산해 시장에서 정정당당하게 경쟁해야 하는 사업가들이 가짜 리뷰를 사기 위해 피 같은 돈을 써 가며 경쟁하는 '웃픈' 현실이 씁쓸하다.

진실은 거짓을 이긴다. 진심은 가식을 꿰뚫는다. 내가 먼저 상대에게 다가가 마음 담아 소통할 때 진정성 있는 사람이 내게로 다가온다. 누가 알아주지 않는다고 발 동동 구르며 조급해할 필요가 없다. 꾸준히 한 길을 걷다 보면 한겨울 소리 없이 내린 눈이 밤새 수북이 쌓이듯 상상 못 한 열매가 인생 나무에 주렁주렁 맺혀 있을 것이다.

「연결되지 않을 권리」

탯줄은 배 속 아기와 엄마를 이어 주는 연결고리다. 태아는 탯줄을 통해 산소와 영양분을 공급받는다. 탯줄처럼 절박한 연결이 세상에 또 있을까. 엄마와 태아의 상황처럼 반드시 연결돼야 하는 관계가 있지만, 반면 사회에는 '불필요하고 불편한 연결'이 존재한다.

몇 년 전 새로 취임한 회장이 '단톡방' 아이디어를 꺼낸다. '부서장 이상' 방과 '전 직원' 방으로 구분해 두 개의 단톡방을 만들자고 제안한다. 나는 카톡을 하지 않는다. 누군가와 불필요하게 연결되는 게 껄끄럽다. '단톡방이 만들어지면 카톡을 시작해야 하나.' 하는 고민이 시작됐다.

노동조합에서 나섰다. 노조 위원장이 사측에 직원들의 생각을 전달했다. 퇴근 후 직장과 '연결되지 않을 권리'를 주장했다. 회장이 한발 물러섰다. 결국 부서장급 이상만 참여하는 단톡방이 만들어졌다.

2020년 6월 2일 『한국경제신문』에 '단톡방 스트레스'에 관한 기획 기사가 실렸다. '카톡 지옥', '카톡 감옥', '카톡 노이로제'라는 세 가지 말은 직장인들이 단톡방을 어떻게 받아들이는지 적나라하게 드러낸다.

'토요일 오후에 집에서 쉬고 있는 부하 직원에게 월요일 아침에 자료 보고하라고 카톡으로 업무를 지시하는 상사', '매일 아침 카톡으로 아무 설명 없이 명언이 담긴 합성 사진을 보내는 선배', '젊은 직원과 스스럼없이 지내려고 단톡방에 카톡을 남기면 갑자기 영하 30도로 얼어붙는 단톡방 분위기에 소외감 느끼는 초임 부장' 이야기는 웃고 지나칠 남의 이야기가 아니다.

혼자만 단톡방에 참여하지 않으면 상사에게 미운털 박혀 직장 생활이 꼬일 것 같고, 동료에게 따돌림받지 않을까 걱정되어 소가 도살장 끌려가듯 '카톡 외양간'에 스스로 갇힌다. 사무실에서 윗사람 말이 안 웃겨도 웃긴 척 억지웃음 짓고, 공감 안 되는 말에 맞장구를 쳐 줘야 하는 것처럼 온라인에서조차 남의 '눈치'를 보며 살아야 하는 현실이 고단하다.

만일 노조 반대에도 불구하고 회사에 전 직원 단톡방이 신설됐다면 나의 일상 생활은 어떻게 변했을까. 휴대폰에 카톡 어플리케이션을 설치할 생각만 해도 아찔하다. 내가 카톡을 안 하는 이유는 '남을 신경 쓰고 의식하는 게 싫어서'다. 내가 보낸 카톡에 상대방이 늦게 답하면 계속 휴대폰을 들여다보게 되고, 다른 사람이 내게 보낸 카톡에는 그때그때 답하느라 생활에 집중하기 힘들 것 같다.

우리는 '초연결' 시대에 살고 있다. 하지만 과연 그 연결들이 태아와 엄마를 이어 주는 탯줄만큼 절박한 것일까. SNS, 카톡방 등 온라인 커뮤니티에 실시간 연결되어 있지 않더라도 관계가 깨지거나 생활이 무너지지 않는다. 우리에게는 원하지 않으면 '연결되지 않을 권리'가 있다.

나는 소중하다. 나를 숨 막히게 옭아매는 연결고리는 무엇인가. 다른 사람 신경 쓰거나 눈치 보지 말고 용기 내어 그 고리를 과감히 끊어 내자. 퇴근한 저녁, 주말 에라도 자유롭게 저 하늘을 누비는 새가 될 '자격의 검'이 나와 당신 손에 들려 있 으니.

아직 습작 수준인 두 편의 칼럼을 소개했다. 그럼 나는 '왜 칼럼을 쓰 고 싶은가', '칼럼니스트가 되려는 목적이 무엇인가.' 하고 자문해 본다.

첫째, 비슷한 고민을 하는 사람과 소통할 수 있다. 대한민국에 수많 은 직장인과 직업인이 존재한다. 그 일이 좋아서 하는 사람도 있겠지 만, 생계 때문에 선택의 여지 없이 하는 사람도 있을 것이다. 20년 가 까이 직장을 다니던 중 '계속 다녀야 하나.' 하는 심각한 고민에 빠진 적이 있다. 그때 글을 쓰기 시작해서, 막혀 버린 직장 생활에 활로를 열었다. 깊이 생각하며 일의 의미를 되찾았다. 그 경험을 매일 반복되 는 삶에 대해 고민하는 사람에게 나누고 싶다.

둘째, 전문성을 높일 수 있다. 신문이나 잡지 등 어딘가에 글을 정기 적으로 기고하려면, 해당 분야의 전문가로 인정받아야 한다. 칼럼니스 트 꿈을 이루려고 노력하는 과정에서 관련 분야의 책을 섭렵하고 연구 하며 전문성을 키울 수 있다. 전문성을 높이는 일과 전문성을 인정받는 게 맞물려 자기 성장에 선순환을 일으킬 수 있다.

신문은 소수의 애호가가 아니라 대중을 향한다. 어느 매체보다 전 파력과 영향력이 크다. 내가 신문에 글을 기고하고 싶은 이유다. 신문 에 내가 쓴 칼럼이 실리는 날을 상상해 본다. 나의 글이 삭막하고 팍

팍한 세상을 살아가는 사람들의 감성을 깨우고 긍정의 마음을 회복
하는 데 도움 되기를 꿈꾼다.

⑧
꿈은 두려움을 물리친다

누구나 살다 보면 막다른 골목에 들어선 듯 갈 길 몰라 방황할 때가 찾아온다. '인생 슬럼프'에 빠진 것이다. 뒤에서 어서 달리라고 재촉하고, 적들이 나를 포위한 듯한 상황에서 어디로 가야 할지 방향이 보이지 않는다. 아무도 내 말을 듣지 않고 손을 내밀어 주지 않는다. 오직 스스로 돌파해야 한다. 죽고 싶을 정도로 우울하고 힘들다고 느껴질 때 무엇이 나를 절망의 구렁텅이에서 구해 줄 수 있을까.

정주형은 국가 대표 복싱 선수다. 그녀는 본래 발라드 가수였다. 대학에서 실용음악을 전공했고 5년 전 음반을 내어 가수로 데뷔했다. 하지만 히트곡 없이 무명 시절을 보내다 소속사에서 나왔다. 먹고 사는 문제를 해결하려고 대학 입시 준비생에게 노래를 가르치며 반지하 단칸방에서 연명하듯 살았다.

반지하 방에서 우연히 올려다본 복싱 체육관이 그녀 인생을 뒤바꿨다. 체력을 키우고 샤워장을 이용하고 싶은 마음에 발을 들인 복싱이 그녀에게 새로운 인생 문을 열어 주었다. 중학생 시절 태권도 선수로 활동했던 덕분에 경쾌한 스텝, 169센티미터의 큰 키와 왼손잡이라는 장점이 더해져 서른이라는 나이가 무색하게 그녀의 복싱 실력이 무섭게 늘었다. 결국 2019년 12월에 대한복싱협회가 주관한 2020 도쿄 올림픽 국가 대표 선발 최종전에서 기존 대표 선수들을 물리치고 챔피언 자리를 차지했다.

그녀가 가수에서 복싱 선수로 인생 진로를 바꾸는 게 쉬웠을까. "지금도 날아오는 주먹이 무서워요."라고 말하는 그녀는 '1라운드 공포'가 있다고 한다. 시작에 대한 두려움이다. 하지만 막상 종이 울리고 1라운드가 시작되어 상대 선수와 주먹을 주고받다 보면 두려움이 사라진다고 한다.

복싱계에 극적으로 등장한 그녀를 지켜본 복싱 관계자는 "정주형 선수에게는 무언가가 있어요."라고 말한다. 혼자의 힘으로 인생 고비를 뚫고 나가야 한다는 '절박함'이 지금의 그녀를 만들었다. 복싱 국가 대표의 꿈을 이룬 그녀는 거기서 멈추지 않는다. 「트롯 전국체전」이라는 TV 경연 프로에 참가해 본업인 가수의 꿈을 되살리고 있다. 무엇이 좌절한 그녀를 일으켰을까. 바로 '꿈'이 그녀에게 두려움을 향해 펀치를 날릴 수 있는 용기를 준 것이다.

나는 몇 년 전 슬럼프에 빠졌다. 하루하루 직장 생활을 이어 가기가 만만치 않았다. 직장에서 이루고 싶은 목표가 희미해지니 삶이 무기력해졌다. 출근할 동력을 잃었다. 나만 바라보는 아내, 아들딸을 생각하니 '내가 잘못되면 어쩌나.' 하는 두려움이 엄습해 왔다.

그때 '꿈'이 생겼다. 나만의 인생 스토리를 담은 책을 쓰고 싶었다.

막연하게 품은 꿈이 축 처진 마음에 생기를 불어넣었다. 새로운 에너지가 불안과 두려움을 밀어내기 시작했다.

꿈은 '인생 물길'을 바꾼다. 직장 항로가 순탄치 않을 때 다른 문이 열렸다. 걸림돌이 주춧돌로 변하듯, 평탄치 않은 직장 생활이 오히려 새로운 '인생 항로'를 열어 주었다. 꿈이 있는 사람은 다르다. 불확실성에 따른 두려움, 무기력증에 빠져 남이 시키는 대로 등 떠밀려 살지 않는다. 주도적으로 자신의 삶을 이끌어 간다.

오래전에 「파파로티」라는 영화를 관람했다. 고등학생인 주인공은 조직 폭력 집단의 막내다. 성악 재능을 알아본 음악 선생님이 그에게 '성악가'라는 꿈을 심어 준다. 이후 주인공은 꿈을 이루기 위해 목숨을 걸고 조폭 집단에서 빠져나온다. 조폭으로 살다가 칼 맞고 끝날 인생이었던 그는 성악 콩쿠르 대회에서 입상하고 이탈리아 유학길에 오른다. 영화 장면 중 햄버거 가게에서 조폭 선배가 주인공에게 한 말이 가슴에 박혔다.

"여기서 누가 가장 불쌍한 줄 아나?"
"누군데예."
"바로 내다. 내는 꿈이 없다. 1년 후에 뭐 할지, 당장 내일 계획도 없다. 내는 니 같은 재능 있으면 이렇게 안 산다."

지금 처지가 어떻든 꿈이 있는 사람은 삶에 생동감이 넘친다. 하지만 꿈이 없는 사람은 현실을 비관하며 자괴감에 빠져 산다. 더 심각한 사람이 있다. 안정된 수입에 안주하는 사람이다. 그들은 자신의 마음 상태가 병든 것을 모른 채 안정된 직장이나 사업이 여생을 끝까지 안전하게 책임져 줄 거라고 착각하며 살아간다.

사람들은 '노후 준비' 하면 '돈'을 떠올린다. 노후에 먹고살 돈을 준비하는 사람은 많다. 하지만 '직장 은퇴 후 노후에 할 일'을 준비하는 사람은 드물다. 과연 행복한 노후 생활에 필요한 게 돈뿐일까. 노화 연구자들은 60~75세가 인생에서 가장 빛나는 황금기(golden age)라고 평가한다. 인생의 황금기는 그냥 주어지는 게 아니다. 꿈밭을 일구며 은퇴 후에 할 일을 미리 준비해야 인생 황금기를 누릴 수 있다.

2020년 4월 8일 자 『중앙일보』에 기고된 「포스트 코로나 희망 사항」이라는 칼럼에서 최인철 서울대학교 심리학과 교수는 "희망은 최악의 상황에서 우리가 택할 수 있는 최선의 무기다."라고 말했다.

최악의 상황을 맞아 두려움에 사로잡혔던 내가 인생 후반전에 꿈이 생기면서 남은 삶에 기대를 걸기 시작했다. 마침내 '작가', '강연가'라는 꿈을 이루었다. 여전히 꿈 창고에 시인, 소설가, 작사가, TV·라디오 방송 출연, 신문 칼럼니스트 등 이루고 싶은 꿈들이 가득하다.

나는 안다. 세상이 코로나 이전 시대로 돌아갈 수 없듯 내가 글을 쓰기 전의 사람으로 돌아갈 수 없음을. 사색하며 글 쓰는 사람으로 다시 태어난 나의 궁극적인 꿈은 직장 은퇴 후에도 나그네 인생길을 마감할 때까지 글을 쓰고 강연하며 사람들과 소통하는 것이다.

흔히 인생을 42.195킬로미터의 마라톤에 비유한다. 인생은 장거리 경주다. 중간중간 길목에서 넘어졌다고 포기하기엔 인생은 길고 사람의 가능성은 무한하다. 두려움이라는 거친 파도가 나를 향해 몰려올 때 파도 위로 날아오를 힘은 이미 자신 안에 있다. 인정사정없는 파도에 휩쓸려 방향 없이 떠내려가지 않고 독수리처럼 날개를 활짝 펴고 힘차게 파도 위를 날아오르기 위해서는 내 안의 힘을 믿고 깨워야 한다.

꿈을 품고 이루며 진지하게 한평생을 살다가 눈을 감을 때 나는 어떤 사람으로 기억될까. 아니, 어떤 사람으로 기억되고 싶은가. 단지 성공한 사람으로만 기억되고 싶지는 않다. 소망한다. 내 묘비에 '마음이 따뜻한 사람'이라는 글이 새겨지기를.